Maurice Renard

# L'HOMME TRUQUÉ

À Léon Michaud

*Le corps fut trouvé par les gendarmes Mochon et Juliaz, des brigades de Belvoux. Ils rentraient, au petit jour, d'une tournée de surveillance, et, venant de Salamont, ils chevauchaient sur la route départementale, lorsque, à six kilomètres de Belvoux, dans le bois des Thiots, ils aperçurent la chose lugubre.*

*L'aube était grise. La pluie, qui tombait depuis plusieurs jours, n'avait cessé que la veille au soir. Un vent aigre fronçait l'eau des flaques et tourmentait les feuillages éclaircis. Retenu par une touffe de chardons, un mouchoir palpitait. On voyait de loin des objets par terre et, sur le bas-côté, la forme noir et blanc d'un homme étendu.*

*Les gendarmes, avec l'expérience de la guerre et du métier, savaient déjà que l'homme était mort. Ils mirent pied à terre à distance, les chevaux furent attachés à un poteau télégraphique, et les deux compagnons s'approchèrent du cadavre en prenant soin de marcher sur l'herbe, afin de ne brouiller aucune trace.*

*— Eh bien !... C'est le docteur Bare, dit Juliaz.*

*L'autre regardait en silence.*

*— C'est vrai que vous êtes nouveau, reprit Juliaz. Voilà : c'est un médecin de Belvoux.*

*Ils avaient devant eux le corps d'un homme dans toute sa force, un grand gaillard de trente à trente-cinq ans, couché sur le dos, face au ciel, le front troué d'une balle. Il était nu-tête et sans paletot, mais ganté de gros gants de sport. Ses vêtements avaient été déboutonnés, le contenu de ses poches retournées gisait sur le sol de-ci de-là : montre, porte-monnaie, étui à cigarettes, briquet, trousse, stylographe, etc.*

*Mochon ramassa près du mort un revolver. Le chargeur était plein, une cartouche occupait le tonnerre, l'intérieur du canon luisait. L'arme, par conséquent, n'avait pas servi.*

*— Un crime, fit Mochon. Mais le mobile n'est pas le vol. Cet argent, ces billets...*

– On ne peut pas dire. Ainsi, il devait avoir un carnet, un agenda, ce docteur, et nous n'en voyons pas. Il pouvait avoir sur lui bien des choses que nous ne savons pas...

– C'est ce que je voulais dire, expliqua Mochon. S'il y a eu vol, ce n'est pas un vol ordinaire... Est-ce qu'il avait des ennemis ?

– Pas à ma connaissance. Il a été démobilisé vers janvier, et, depuis, il exerçait à Belvoux et dans les environs, sans tapage. Il passait pour un bon médecin. Je ne le connais pas autrement, vous savez !... La mort remonte à plusieurs heures... Qu'est-ce qu'il est venu faire là, cette nuit ?...

– Remarquez les chaussures, dit Mochon. Elles n'ont presque pas de boue.

– Et rien n'indique une lutte. Les habits ne sont pas déchirés, pas même froissés...

Juliaz examinait la route. Pâteuse à souhait, elle gardait, remarquablement nettes, les empreintes de la nuit. Les pas du docteur furent repérés.

On en voyait trois, ni un de plus, ni un de moins ; trois pas marchant transversalement à la voie, trois pas qui ne venaient de nulle part et s'arrêtaient tout à coup. Puis c'était la marque d'un corps pesant qui, de toute la force de sa chute, avait imprimé dans la bouillie terreuse l'image d'une fourrure épaisse ; quelques poils restaient collés à ce moule.

Il fut aisé de conclure que le docteur Bare avait été fusillé à sa descente de voiture, sans doute par un agresseur caché dans le bois, et qu'à ce moment il était vêtu d'une peau de bique ; son meurtrier l'avait traîné de côté pour l'en dépouiller et le fouiller commodément.

Juliaz savait que le docteur possédait une voiturette automobile assez rapide, qu'il conduisait lui-même avec une sorte de virtuosité et qui lui servait pour ses visites dans la campagne. Le gendarme l'avait vu souvent passer, au volant de la petite torpédo, et parfois exécuter des marches arrière vertigineuses, ou virer sur place en dérapant, avec une adresse hardie.

La voiturette avait laissé ses traces sur la route. Juliaz les suivit, se tenant toujours en dehors de la chaussée.

Les pneus d'arrière couvraient les pneus d'avant. L'un était à nervures, l'autre clouté. La voiturette avait passé deux fois, en sens inverse, le pneu clouté se trouvant d'abord d'un côté de la route, et ensuite de l'autre côté. Mais quel était le sens de chaque voie ? Celle-ci, vers Belvoux ? Celle-là, vers Salamont ? Comment interpréter l'aller et le retour ? Voilà ce que les traces ne disaient pas. On pouvait présumer que le docteur était parti de Belvoux, mais seule l'enquête pourrait le confirmer.

Juliaz, qui ne s'y attendait guère, fut renseigné là-dessus alors qu'il se bornait à inspecter les parages du crime sans avoir un objectif particulier. Il découvrit sur la route, à trente mètres environ du cadavre et dans la direction de Salamont, un dérapage circulaire, facilité par le terrain glissant et qui marquait le point terminus de la randonnée nocturne. Les deux voies y trouvaient leur fin, dans une boucle.

Donc, le docteur venait bien de Belvoux, et soudain une cause mystérieuse l'avait provoqué à revenir sur ses pas en faisant tête à queue sans ménagement, au milieu de l'obscurité.

Qu'est-ce donc que ses phares avaient éclairé devant lui ? Quel danger avait surgi des ténèbres tout à coup ?

Le gendarme, revenant lui-même vers Belvoux, suivit les traces minutieusement – ce qui, dans la réalité, constituait un travail des plus malaisés. Il observa, pour l'une d'elles, des embardées qui lui parurent des témoignages de vitesse, puis une glissade révélatrice d'un coup de frein brutal, et l'arrêt du véhicule, indiqué par une sorte de talonnement qui avait creusé des ornières juste en face des trois pas, à la hauteur du cadavre.

Et il se demanda quelle raison avait obligé l'automobiliste à stopper dans sa fuite et à sauter de voiture pour gagner le bois, ainsi qu'il paraissait.

Mais ces premières recherches avaient pris du temps. Le jour était venu. Une charrette de paysan se montra. Sur l'ordre des gendarmes, elle fit halte au large. Il fallait profiter de la complaisance du sol et interdire le chemin à tout véhicule, jusqu'à ce que la terre eût, si l'on peut dire, achevé sa déposition.

– Vous voyez qu'on l'a parfaitement volé, disait Juliaz. On lui a pris sa peau de bique, son couvre-chef et son automobile.

En effet, la torpédo était repartie après le meurtre, filant du côté de Belvoux. Juliaz, consciencieusement, empauma cette piste, tandis que Mochon, à tout hasard, remontait vers Salamont pour tâcher de découvrir quelque indice sur le mystère qui avait fait rebrousser chemin à la victime du guet-apens.

Ils étaient peut-être à cent cinquante mètres l'un de l'autre, quand ils se hélèrent réciproquement, avec de grands gestes. Mochon, étant le plus jeune, rejoignit son camarade. Celui-ci lui montra de nouvelles traces, profondes, larges appuyées, prouvant qu'une puissante automobile, de vaste empattement, s'était mise en travers de la route avant de reprendre, elle aussi, la direction de Belvoux.

— Il se peut, dit Juliaz, que ce soit simplement pour tourner...

— Non, répliqua Mochon, je ne le pense pas, car je vous appelais pour constater exactement la même chose là-bas.

— Oui ?...

— Et moi, c'est une autre voiture, reprit Mochon. Vos pneus, ici, forment une espèce de treillage ; les miens, là-bas, sont d'une autre fabrication. Tenez ! les voilà, les miens, qui passent également devant nous...

— Bien sûr, ce ne sont pas les mêmes, approuva Juliaz. Du reste, les miens n'ont pas été plus loin ; ils se sont arrêtés où nous sommes... Alors, si je ne m'abuse...

— Alors, il y avait deux grosses automobiles qui ont barré le passage, à cent cinquante mètres l'une de l'autre...

Ils se regardèrent, dans la satisfaction du succès.

Sauf erreur, la scène de l'embûche se reconstituait ainsi :

Pour une raison que l'on connaîtrait sûrement par la suite, le docteur Bare s'était trouvé, roulant par une nuit noire, sur la route de Belvoux à Salamont. Dans la traversée du bois des Thiots, la clarté de ses projecteurs lui avait montré tout à coup l'obstacle d'une grande automobile tous feux éteints et placée en travers de la route, de telle manière qu'il ne pût passer outre en se faufilant à droite ou à gauche. Cette vue l'effraya certainement, et il dut se douter d'un péril ; sa précipitation à faire demi-tour en témoignait.

Par une de ces volte-face dont il avait la spécialité, il put en quelques secondes renverser les chances et piquer sur Belvoux à toute allure, pensant que la grosse voiture ne pourrait prendre la chasse qu'au bout d'un moment et comptant sur la célérité de la torpédo pour garder sa distance.

À peine était-il lancé qu'il aperçut devant lui un autre obstacle, sous la forme d'une deuxième automobile. On l'avait enfermé. Une ruse hostile triomphait. Pendant qu'une voiture l'attendait en un point fixé, l'autre, silencieusement, obscurément, l'avait suivi et, à son tour, au lieu dit, s'était transformée en barricade.

Le docteur se vit bloqué. Sa torpédo ne pouvait plus lui être d'aucun secours. Il l'arrêta le plus promptement possible, et tenta de se jeter à travers bois – décision prévue par ses adversaires, puisque l'un d'eux, posté dans le taillis, l'avait abattu d'un coup de feu avant qu'il eût fait quatre pas.

Cette hypothèse s'ajustait aux faits, et c'était la seule que rien ne vînt contredire. Que les assassins eussent attiré le malheureux dans une embuscade, ou qu'ils eussent tendu leur piège sur son chemin connu, ainsi finalement s'était déroulée la tragédie. L'enquête éclaircirait sans doute le mystère, elle ferait ressortir les raisons du meurtre, les motifs du vol, et l'on saurait pourquoi une telle mise en œuvre avait été déployée contre un modeste médecin de province. Cela ne regardait plus les gendarmes, ils avaient fait leur devoir.

Juliaz prit des notes pour son procès-verbal. On chargea sur la charrette, réquisitionnée à cet effet, la dépouille de l'infortuné docteur, et les deux cavaliers, enfourchant leurs montures, lui firent escorte jusqu'à Belvoux.

Consignons cependant qu'à la croisée du chemin de Trivieu, ils relevèrent une divergence dans les pistes des trois autos fuyant le théâtre du crime. L'une des deux grosses voitures avait tiré vers Trivieu, tandis que l'autre, accompagnée de la torpédo volée, continuait d'emprunter la route de Belvoux. On suivait leurs traces jusqu'à l'entrée du bourg, où le pavé ne permettait plus de rien distinguer.

Le docteur Bare habitait dans la Grande-Rue. Il était huit heures du matin lorsque Juliaz tira la sonnette, sachant qu'il n'y avait pas de scènes pénibles à redouter, le défunt étant célibataire et vivant seul avec un petit domestique.

Celui-ci vint ouvrir, se montrant pâle et défait. Il s'était levé une heure auparavant et, depuis lors, parcourait la maison sans savoir que faire, ayant reconnu l'absence de son maître et le cambriolage du coffre-fort, des armoires, des classeurs et du bureau.

Le lieutenant de gendarmerie l'interrogea presque aussitôt. Et voici, à peu près, ce qu'il en obtint :

– Monsieur le docteur a travaillé hier soir dans son cabinet, comme d'habitude ; quand je suis monté me coucher, j'ai vu de la lumière sous la porte.

Je n'étais pas encore endormi, et neuf heures venaient de sonner à Saint-Fortunat, lorsque j'ai entendu le timbre du téléphone. Quelques minutes plus tard, monsieur le docteur a monté l'escalier, et il m'a dit à travers la porte de ma chambre : « Auguste ! Dors-tu ?

« -Non, monsieur le docteur.

« -On vient de me téléphoner de Salamont. La receveuse des postes a une hémorragie. On me dit qu'elle est mourante. J'y vais. Je n'ai pas besoin de toi. Je reviendrai pour minuit. » Et il a ajouté : « Il faut vraiment que ce soit la receveuse des postes, pour qu'on me téléphone à cette heure-ci ! » Là-dessus, il s'est en allé. J'ai vu le jour des phares dans la cour (parce que ma lucarne donne sur la cour), j'ai entendu la voiture qui sortait par la rue de la Botasse, puis monsieur le docteur qui fermait le portail derrière lui... Et c'est tout pour hier soir.

« Dans la nuit, le bruit de l'auto qui rentrait m'a réveillé. Je me suis mis à la lucarne pour demander si monsieur le docteur avait besoin de moi. Je l'ai vu sur le pas de la remise. Il me tournait le dos. Il m'a répondu : « Non, Dors » en éteignant les phares. Je dormais à moitié. Il ne s'est pas retourné. Ce n'était pas lui, que vous dites ?... Qu'est-ce que je peux vous répondre ? J'ai vu sa peau de bique et sa toque de fourrure ; le col de la peau de bique était relevé... Je me suis recouché... Et c'est tout pour la nuit.

« Non, monsieur, je n'ai plus rien entendu, rien d'extraordinaire. Pas de craquements, pas d'arrachements. Mais le voleur avait pris les clefs dans la poche de monsieur le docteur. Toutes les armoires, tous les tiroirs, c'est avec les clefs qu'on les a ouverts... Le coffre aussi ; mais là, fallait être vraiment malicieux, rapport au secret...

« Tous les papiers, monsieur, oui, ils ont pris tous les papiers ; et pas un bijou, pas une pendule, pas même un couvert d'argent ! Rien que les papiers. Il y en avait bien de quoi remplir deux ou trois valises, sûrement...

« Dans le coffre ? Oui : des papiers bien rangés, avec des couvertures en carton bleu. Je les ai vus quelquefois ; monsieur le docteur avait bien confiance en moi...

L'interrogatoire avait lieu dans le cabinet du docteur, et l'officier de gendarmerie contemplait les meubles vides et grands ouverts, la peau de bique et la toque de fourrure jetées sur un siège. Il releva la tête.

— La voiturette est là ? demanda-t-il au petit.

– Oui, monsieur, et rien de cassé...

– Qu'en pensez-vous, Juliaz ? La grande auto attendait le voleur, n'est-ce pas ? Et maintenant il est loin !... Quelle machination !

Il saisit alors le téléphone posé sur le bureau, parmi des loupes, des pinces, des appareils d'examen médical.

– Allô ! fit-il. Allô !

Tout en taquinant l'avertisseur, il murmurait :

– Je veux tirer au clair ce coup de téléphone d'hier au soir... Allô ! Allô !... On ne répondra donc pas !... Ça ne marche plus... Qu'est-ce que ça veut dire ?... Juliaz, allez donc jusqu'à la poste. En même temps, tenez, vous passerez ce télégramme au parquet de Bourg.

Juliaz prit le pas gymnastique.

Le receveur le mit en rapport avec la téléphoniste. Elle jura que le numéro 18 (celui du docteur Bare) n'avait lancé aucun appel. Quant à la communication de la veille à neuf heures du soir, elle pensait bien qu'on voulait rire !...

Son chef affirma, du reste, que personne n'avait téléphoné au docteur Bare passé la fermeture des bureaux. Personne ne téléphonait, jamais, à partir de sept heures du soir.

Juliaz lui raconta le drame. Alors, le fonctionnaire appela au bout du fil la receveuse de Salamont, et offrit au gendarme le second écouteur.

La receveuse de Salamont jouissait d'une parfaite santé, et elle ne pouvait expliquer ce qu'elle appelait, sans savoir, une « mystification ».

– Cependant, cependant, monsieur le receveur, quelqu'un a téléphoné hier soir au numéro 18 ! s'obstinait Juliaz.

Le ton du brave homme fit blêmir quelque peu son interlocuteur. Il imagina que sa responsabilité était en jeu, il se vit compromis dans une affaire criminelle. Se justifier devint son unique préoccupation.

– Venez ! dit-il en coiffant son chapeau. Ça ne peut pas se passer comme ça.

Dès qu'ils furent arrivés dans le cabinet du docteur, où les formalités se poursuivaient, le receveur, prenant comme point de départ l'appareil téléphonique, se mit à suivre le fil conducteur, comme Mochon et Juliaz avaient suivi la trace des autos.

Cette opération l'amena au dehors, derrière la maison, au-delà de la cour. Le fil, aérien, longeait la rue de la Botasse, où ne donnent que des cours et des jardins. À une certaine distance, il était coupé au ras d'un isolateur. Sa partie longue traînait dans le ruisseau ; c'était justement celle qui restait en relation avec l'appareil du docteur. Le receveur la ramassa, en examina le bout de très près, et sourit d'un air triomphal.

À quelques centimètres de l'extrémité, le fil de cuivre, fraîchement décapé, portait une petite éraillure toute ronde.

– La pointe d'une vis ! La vis d'une borne ! Voyez, messieurs ! disait le receveur à ceux qui l'entouraient. Ce fil a été mis en contact avec un appareil portatif. C'est d'ici qu'un inconnu a lancé son appel au docteur Bare. C'est d'ici que la fausse nouvelle est partie ! Mon service n'y est pour rien, messieurs ! Pour rien !

– Tout s'explique, dit Mochon.

– Tout du *comment*, rien du *pourquoi* ! répliqua son lieutenant.

La descente de justice eut lieu dans l'après-midi. Le désordre du logis avait été soigneusement préservé de toute modification. Le corps du docteur, transporté à l'Hospice, reposait dans une petite salle. Un médecin légiste accompagnait les magistrats. Il pratiqua l'autopsie, qui ne donna aucun résultat propre à servir l'instruction. La balle, tirée à bout portant, avait traversé la tête et s'était perdue. Le permis d'inhumer fut délivré sur-le-champ.

Le procureur, cependant, avait entrepris l'examen de la maison, et recherchait en vain le mobile de l'assassinat. Tout ce qu'on pouvait déduire de la mort du docteur et du vol de ses papiers, c'est que Bare devait être en possession d'un secret important, et qu'on avait voulu supprimer de sa part toute velléité de s'en servir ou de le divulguer. Quant à la nature du secret, toutes les suppositions étaient permises.

Il y a des morts qui parlent ; les écrits qu'ils laissent après eux attardent leur pensée et leur prêtent un langage d'outre-tombe. Le procureur voulut qu'on fouillât les meubles jusqu'en leurs interstices. Les marbres des commodes furent soulevés, les dessous des tiroirs inspectés à la lumière de lampes électriques ; on feuilleta les livres de la bibliothèque ; les habits de la garde-robe subirent une visite implacable. On ne trouva rien. Pas un bout de papier noirci d'encre, pas un mot d'une écriture quelconque. Cette perquisition – comme on en eut la preuve – avait été faite par les meurtriers avant les magistrats.

Ceux-ci se retirèrent. Pourtant, il fut décidé, pour les facilités de l'instruction, que la torpédo serait mise sous scellés ainsi que la peau de bique et la toque de fourrure dont l'un des malfaiteurs s'était servi pour emprunter la ressemblance du docteur Bare.

Au moment d'emporter le vêtement et la coiffure, le greffier remarqua que la peau de bique, de par le sort spécial qui lui était fait, avait échappé à ses investigations. Il eut alors l'idée de plonger sa main dans l'une des poches intérieures ; et c'est fort tranquillement, sans se douter du prix de sa trouvaille, qu'il en retira quelques feuilles de papier blanc, pliées en quatre et couvertes d'une écriture fine et serrée. Les autres poches étaient vides.

La connaissance de ce manuscrit démontra péremptoirement que les assassins ne l'auraient pas laissé derrière eux, s'ils avaient su que la peau de bique le recelât. Pressé de revêtir son déguisement, l'un d'eux, sans doute, en avait dépouillé le médecin avant qu'on eût fouillé son cadavre. Et ainsi la peau de bique s'était trouvée hors de cause, en vertu du rôle qu'elle avait à jouer, de même qu'elle avait failli échapper à la perspicacité de la justice, en vertu du rôle qu'elle avait joué. Il y a là un trait de psychologie assez curieux et qui fournirait matière à philosopher.

Au demeurant, l'étourderie des criminels était, si l'on peut dire, excusable. Car on sait maintenant que l'objectif principal de leur vol était le contenu du coffre-fort et, accessoirement, du bureau. Les documents disséminés dans les autres meubles et peut-être sur la personne même de leur victime n'avaient, à leur sens, que peu d'intérêt, parce qu'ils les croyaient énigmatiques en leur isolement. Comment auraient-ils supposé que la peau de bique, manteau d'usage occasionnel, contînt des révélations aussi importantes ? Il faut, pour l'expliquer, se livrer à des conjectures, et croire que le docteur Bare mettait la dernière main à ce compte rendu, lorsque la sonnerie du téléphone retentit dans le silence de son cabinet. On l'appelait d'urgence à Salamont. La vie d'un malade dépendait de sa hâte. Il ne crut pas devoir perdre plusieurs minutes à ouvrir son coffre-fort, et, ne voulant pas jeter le document dans le premier tiroir venu, il estima plus prudent de l'emporter avec lui, se réservant de le mettre en lieu sûr dès son retour.

C'est ce document que nous publions ci-après. Il forme un récit dont la fin violente du docteur n'est que l'épilogue sanglant.

Hélas ! ce qu'on va lire n'est qu'une relation fort imprécise des observations pratiquées par le médecin de Belvoux. Ce n'est qu'une histoire intime où il a raconté tout ce qui ne pouvait prendre place dans son mémoire technique, soustrait par les redoutables cambrioleurs, à la veille d'être transmis à l'Académie des sciences. Il est vrai que – selon le docteur – le mémoire technique était lui-même très incomplet. La perte n'en est pas moins déplorable, si l'on envisage toutes les lumières que son étude aurait projetées dans les profondeurs de l'inconnu et dont le manuscrit de la peau de bique ne donne qu'un faible aperçu.

Nous livrons au lecteur ces souvenirs sans apprêts, qui, mêlant à la précision d'un rapport la sincérité d'une confession, retracent les péripéties d'une aventure tragique et merveilleuse.

## I

## MORT AU CHAMP D'HONNEUR

Je crois en toute sincérité qu'il y a peu d'hommes aussi calmes, aussi peu impressionnables que moi. Je crois que l'amour seul a pu précipiter les battements de mon cœur. Et pourtant, toutes les fois que la vieille sonnette tinte dans le couloir, je ne puis retenir un léger sursaut. Mes nerfs ne se souviennent que de l'apparition et des circonstances qui l'ont accompagnée ; insensibles aux explications, ils ne sauraient perdre de si tôt cette sotte habitude. Et c'est la persistance d'un tel phénomène qui me donne la preuve rétrospective de ma frayeur ; car, sur le moment, je n'ai cru ressentir qu'une surprise sans inquiétude, une sorte d'embarras où luttaient le sentiment de l'impossible, le soupçon d'une mauvaise farce et, très faible, un doute sur la fidélité de mes sens. Il faut pourtant que la peur m'ait frappé à mon insu, puisque, toutes les fois qu'elle tinte, la sonnette me secoue imperceptiblement, comme un enfant hausse le coude et cligne des yeux quand s'agite une main qui l'a battu jadis. Au surplus, pourquoi me servirais-je de ce mot « apparition », qui est faux, s'il n'y avait en moi quelqu'un d'absurde qui est resté sous le coup de l'étonnement, et s'obstine dans sa déraison ?

Je suppose que mes nerfs se seraient tenus plus tranquille, si la journée et la soirée n'avaient pris soin de les travailler sur le mode funèbre et de me mettre dans une disposition d'esprit exceptionnellement favorable à certaines faiblesses.

Ce jour-là, la ville de Belvoux avait célébré la mémoire de ses enfants morts au champ d'honneur ; et M^{me} Lebris, vieille amie de feu ma mère, bonne dame à demi percluse, m'avait prié, ainsi que M^r Puysandieu, le notaire, de l'assister dans ses déplacements. Suivant l'ordre des cérémonies, nous l'avions soutenue de l'église au monument du Cours et du Cours au cimetière ; puis un dîner intime nous avait réunis tous trois chez l'excellente femme.

Sous l'influence d'une pensée qui ne la quittait plus, M^{me} Lebris avait fait de ce dîner une dernière cérémonie consacrée au souvenir de son fils.

— Il vous aimait bien ! nous avait-elle dit d'une voix émue, en nous tendant les mains par-dessus la table.

Et nous n'avions parlé que de lui, jusqu'au moment de la séparation.

M<sup>me</sup> Lebris est ma voisine. Pour aller de sa maison à la mienne, il n'y a que la Grande-Rue à traverser. Je rentrai chez moi profondément triste et, comme tous les soirs, je m'assis, pour travailler, devant ce bureau sur lequel j'écris à présent.

Il me fut impossible de me mettre à l'ouvrage. D'habitude, j'ai trop de besogne pour m'appesantir sur la disparition de tous ceux qui furent mes amis et que la guerre a dévorés. Quelques heures de désœuvrement recueilli m'avaient rapproché de leur troupe sévère. J'étais environné de chers fantômes, et l'idée de Jean Lebris me hantait.

Je le revoyais, mince et pâle, un peu courbé. Je crois, en effet, qu'il « m'aimait bien », malgré les dix ans qui faisaient de moi son grand aîné. Sa santé délicate le mettait sous la dépendance de ma sollicitude. C'était un jeune homme intéressant, artiste, qui serait peintre sans doute. On ne lui reprochait que d'être insociable, casanier, et de pousser la timidité jusqu'à la phobie du monde. Son affection ne m'était que plus précieuse. Il m'avait écrit souvent, aux armées. Et puis, un jour de juin 1918, une lettre de sa mère était venue m'annoncer le désastre : disparu, devant Dormans, pendant l'avance allemande... Et deux mois plus tard, venant par la Suisse, la suprême confirmation :

« Mort à l'ambulance saxonne de Thiérache (Aisne)... »

Je déposai mon stylographe inutile, et, sur mes livres ouverts, je me pris la tête dans les mains.

Ceux qui ont perdu des êtres aimés savent le jeu sacré qui consiste à les faire renaître devant soi, à concentrer toutes les forces de la mémoire et de l'imagination pour créer des ombres qui leur ressemblent... Ainsi moi, ce soir d'avril.

C'est alors que la vieille sonnette carillonna, et que soudain je fus debout, replacé sous les ordres de ma nature, qui est positive, et repris par le sentiment du terre-à-terre. Du moins, je le crus. Je crus que l'existence, mon existence de médecin, m'avait ressaisi brusquement, et que mes évocations d'outre-tombe étaient loin de moi... Quelque client m'envoyait chercher, un client du quartier Saint-Fortunat, probablement, puisqu'on sonnait rue de la Botasse, par derrière...

J'ouvris la porte, au bout du couloir. Je m'arrêtai sur le seuil. La nuit était impénétrable.

– Qui est là ? dis-je à travers la cour.

Le silence pesa.

– Qui est là ? répétai-je intrigué.

Personne ne me répondit au-dehors, mais la sonnette tinta doucement derrière moi.

Était-ce donc le malade lui-même qui sonnait ? Et ne pouvait-il parler ?

La clarté du couloir projetait dans la cour un couloir de clarté.

J'allai à pas rapides jusqu'à la porte de la rue ; les verrous claquèrent coup sur coup et le vantail gémit sur ses gonds.

Si quelqu'un lit un jour cette histoire, ce quelqu'un sait déjà ce qui était derrière la porte ; car je ne suis pas un littérateur habile à ménager ses effets, mais un homme tout d'une pièce, qui rapporte ce qu'il a vu comme il l'a vu.

Un moment, je restai stupide. L'apparition se tenait immobile, à peine visible. J'apercevais la tête affreusement pâle de Jean Lebris. Sa maigreur n'était pas de ce monde ; ses traits semblaient fixés dans une éternelle gravité, et ses paupières closes paraissaient dormir le dernier sommeil. Il me faisait face, et il n'était ni couché, ni appuyé contre un mur, mais tout droit ; et je distinguai son corps comme une ombre dans l'ombre.

Mon saisissement, s'il faut le chronométrer, ne dura pas un dixième de seconde. Le fantôme chuchota :

– C'est vous, docteur ?

Et une forme épaisse, que je n'avais pas encore discernée, se détacha des ténèbres à côté de lui.

– Bonsoir, mon vieux ! dit la forme à voix basse et joyeusement. C'est moi : Noiret. Je t'amène Jean Lebris ! En fait de surprises, qu'est-ce que tu dis de celle-là ?...

– Jean ! m'exclamai-je en prenant les mains du jeune homme. Mon cher Jean !

*Il sourit d'un air bienheureux ; et nous nous embrassâmes, encore que les effusions ne soient guère mon fait.*

*– Pas de bruit ! dit Jean. Il faut que personne ne se doute, ce soir... Il ne faut pas que maman sache... Demain, vous le lui direz, n'est-ce pas, avec des précautions...*

*Noiret – un ami à nous, qui habite Lyon – m'expliquait :*

*– J'ai laissé mon auto avec le chauffeur, au coin du Mail. Nous sommes venus la nuit, pour que Jean ne soit pas reconnu.*

*– Entrez, dis-je plein d'allégresse.*

*– Non, moi, ce n'est pas la peine ! Non ! insista Noiret. Je m'en retourne. J'ai quatre-vingt-deux kilomètres à faire !...*

*– Je ne sais comment vous remercier..., lui disait Jean.*

*Il se mit à tousser.*

*– Allons, il faut entrer, Jean ! Venez !*

*Mais, tout en lui parlant, je me livrais, vis-à-vis de Noiret, à une mimique aussi expressive que la pénombre le permettait, me touchant les yeux, montrant ceux de Jean qui restaient fermés, et faisant avec ma tête des mouvements in-terrogateurs.*

*– Au revoir, Jean, à bientôt ! dit Noiret. Soignez-vous bien... Au revoir, mon vieux Bare !*

*Puis, dans un murmure, contre mon oreille, il me glissa le mot terrible :*

*– Aveugle !*

*Je le vis disparaître avec un geste désolé, tandis que, tout abasourdi, la joie et la tristesse se disputant ma pensée, je prenais le bras de Jean Lebris.*

*– Nous sommes venus comme des voleurs, s'excusait-il. Je n'ai pas voulu élever la voix pour vous répondre, quand vous demandiez : « Qui est là ? » Je suppose que personne ne nous a ni vus ni entendus. C'est que, voyez-vous, si ma-man apprenait cela tout d'un coup... Il paraît qu'elle me croit mort ?...*

– Il y a deux marches à monter, Jean, faites attention. Là. À gauche, maintenant. Nous voici dans mon cabinet. Asseyez-vous, et buvez un peu de quinquina... Vous coucherez dans la chambre d'amis ; et demain, dès le matin, j'irai chez votre mère... Je suis si heureux, Jean !

– Et moi donc ! dit-il avec un rayonnement de bonheur, en se passant la main sur le front.

Je l'examinai dans la lumière. Son aspect me remplit d'inquiétude, et je compris comment j'avais pu hésiter tout à l'heure, dans le clair-obscur, à reconnaître en lui Jean Lebris véritable et vivant. Sa peau sèche se tendait sur ses pommettes saillantes qui, par l'effet de l'émotion, se coloraient d'un feu trop vif. Depuis cinq ans, le mal que j'avais combattu autrefois s'était donné libre cours.

Mais Jean s'était mis à parler, avec le petit tremblement de gorge que donnent les grands contentements :

– Je suis arrivé à Lyon avant-hier, au dépôt de mon régiment. On m'a démobilisé tout de suite. Je me suis fait conduire chez Noiret. Il m'a dit que vous étiez à Belvoux ; que vous étiez rentré au mois de janvier. Et alors nous avons combiné ce retour nocturne. Je n'ai pas voulu vous expédier de télégramme, ni vous téléphoner ; toujours à cause de maman. Une indiscrétion, une maladresse l'auraient brisée ! Et enfin, je voudrais tant éviter le bruit, les questions, les histoires dans les journaux...

– Nous arrangerons tout cela pour le mieux. Ne vous forgez pas d'ennuis, mon petit Jean. Soyez tranquille.

– C'est à Strasbourg, vous savez, que j'ai repris le contact... Une aventure !... Oh ! une aventure... Imaginez-vous : on m'a enlevé – c'est le mot – enlevé de l'ambulance allemande !... Je ne voyais plus clair. On en a profité. J'ai été transporté je ne sais où. On m'a soigné, très bien. C'étaient des médecins, n'est-ce pas, des gens qui voulaient expérimenter je ne sais quel traitement ophtalmologique. Seulement, ils ne me tenaient au courant de rien, et je ne sortais pas !... Il a fallu ce garçon – un serviteur mécontent – qui m'a raconté notre victoire, l'armistice, l'occupation... Nous sommes partis, un soir, lui et moi. Nous sommes restés en wagon de longues, longues heures ; et il m'a laissé au pont de Kehl. « Débrouillez-vous, m'a-t-il dit. Vous êtes à Strasbourg. C'est plein de soldats français. » Je me suis fait reconnaître... Voilà ; c'est curieux, hein ?

– Curieux, dis-je, en vérité.

Mais je ne pensais pas à ce que je disais. Jean venait d'ouvrir les yeux, et j'étais tout à ma surprise. Ah ! ces yeux !...

Qu'on imagine une statue antique animée ; qu'on se représente une belle tête de marbre levant ses lourdes paupières sur le globe uni de ses yeux sans prunelles...

– Quel traitement avez-vous suivi ? demandai-je.

– Pour mes yeux ? Et il les referma subitement. Oh ! des pansements, je suppose. Je ne me suis pas rendu compte. On ne me disait rien... J'ai l'impression que mon cas offrait une particularité captivante, et qu'on m'a retenu là-bas pour l'étudier... Me voilà guéri, et je ne présente plus pour la Science aucun intérêt...

– Guéri, mon petit Jean ?...

– Je veux dire, enfin, que je n'ai plus besoin d'être soigné.

Un soupçon d'énervement perçait sous ces paroles, et, avant que la conversation repartît sur d'autres sujets où Jean la maintint, il y eut entre nous un court silence assez inattendu.

Nous causâmes jusqu'à une heure avancée de la nuit. Nous avions, au surplus, mille choses à nous dire. Quand je le décidai à s'aller mettre au lit, nous n'avions reparlé ni de ses yeux aveugles, ni de ce qui lui était arrivé depuis sa disparition jusqu'à son retour à Belvoux.

Pour moi, je ne m'endormis pas sans difficulté, et je ne sais comment exprimer l'état bizarre et complexe où je me trouvais. J'étais... j'étais – qu'on me pardonne – une espèce de point d'interrogation humain. Et surtout, je songeais avec ahurissement à ces yeux de statue, dont nul exemple ne s'était offert à mes regards depuis que la vie faisait défiler devant moi ses visages de souffrance ou d'étrangeté.

## II

## LE GESTE RÉVÉLATEUR

Le lendemain, j'entrai de bonne heure dans la chambre de l'aveugle. Il toussait d'une façon déchirante. Je ne fis, toutefois, aucune allusion à son état de santé.

Je l'aidai à s'habiller, ce qui fut aisé, car, malgré sa cécité, Jean n'était pas maladroit. La jeunesse fait de ces miracles, et, du reste, le pauvre garçon avait déjà l'habitude de son infirmité.

Je lui demandai s'il avait perdu la vue aussitôt blessé. Il me dit que oui, et qu'il était aveugle depuis dix mois.

— Voici des lunettes noires, fis-je. Je crois que vous ferez bien de les mettre tout à l'heure... C'est à cause de votre maman. Les femmes sont si impressionnables... J'irai chez elle dès que l'heure le permettra, et je reviendrai vous chercher. Mais... elle va me poser des questions, Jean, et j'aurais voulu pouvoir, en quelques mots, lui dire... Ah ! tenez, mon petit, je ne sais pas biaiser ! Précisons. Qu'est-ce que vous êtes devenu ? Qu'est-ce qu'on vous a fait ?

— Mais exactement ce que je vous ai raconté hier soir !

— Alors, rien de plus complet ? Pas de détails ?... Jean, voyons !

— Non, rien de plus. Et il poursuivit sur un ton excédé : J'ai soif de repos, d'isolement. Je supplie qu'on me laisse, qu'on ne s'occupe pas de moi, qu'on ne parle pas de moi !... Je sais, allez ! On va me regarder comme une sorte de Lazare sorti du tombeau... Ah ! qu'on me laisse tranquille, pour Dieu !

Je vais toujours droit au but.

— Voulez-vous me permettre d'examiner vos yeux ? lui dis-je.

— Nous y voilà ! s'écria Jean avec impatience. Vous aussi ! Depuis quatre jours, depuis que j'ai remis le pied en France, je n'ai affaire qu'à des juges d'instruction ! Si vous saviez ce que les médecins militaires m'ont déjà questionné !

– Au fait, c'est vrai ! Qu'en est-il résulté ?

– Est-ce qu'ils savent ! Ils pensent que ce sont des appareils provisoires qu'on m'a posés, quelque chose de préalable, de préparatoire ; et que je me suis sauvé avant l'opération finale. Allons, regardez ! Regardez, si cela vous fait plaisir ! Mais promettez-moi qu'il n'en sera plus question. Je suis si las !

Il ouvrit ses paupières sur ses yeux d'Hermès, et je le mis en pleine clarté.

– ... Mais vos yeux, vos yeux à vous ? questionnai-je passionnément.

– Supprimés. Énucléés. Les gaz d'un obus les avaient brûlés.

– Voudriez-vous enlever ces... ces pièces, un instant ?

– Mais je ne peux pas ! C'est fixe ! Vous êtes tous les mêmes, vous autres...

– Fixe ? Et cela ne vous incommode pas ?

– Non seulement cela ne m'incommode pas, mais je suis certainement beaucoup plus à l'aise depuis qu'on m'a posé ces appareils.

– Comment ! Comment !... À quoi vous servent-ils ?

– À rien, si vous voulez ; mais ils remplissent agréablement un vide qui m'était pénible. Tenez, la comparaison est vulgaire : ils me font un peu l'effet de formes, de moules bien ajustés. Et je m'oppose absolument à ce qu'on y touche.

– Votre obstination vous jouera un mauvais tour, Jean. C'est une idée maladive, laissez-moi vous le dire. Un corps étranger, à demeure, dans l'orbite !... Allons, ce n'est pas possible... Vous devez ressentir de l'inflammation...

Cependant, à travers ma loupe, les paupières apparaissaient extraordinairement saines et fraîches ; et leurs battements humectaient avec mesure la surface cristalline et immobile des appareils. Celle-ci était d'un blanc teinté de bleu. À l'œil nu, elle semblait parfaitement unie, mais le grossissement de ma lentille la montrait côtelée de lignes verticales. En somme, cela ressemblait à une pelote de fil capillaire, enrobée d'une couche d'émail incolore sur laquelle glissaient les paupières. L'hypothèse de « moules » était soutenable ; ces pelotes pouvaient n'avoir d'autre fonction que de maintenir en forme les cavités orbitaires, jusqu'à ce qu'on y insérât je ne sais quels engins définitifs, sans doute des pièces de prothèse, des yeux artificiels d'un modèle nouveau. Mais qu'elles fussent inamovibles, voilà qui me surprenait, et même... m'effrayait !

Je restais songeur.

– Allons ! dis-je. Soit !... Et ces Allemands ne vous ont pas renseigné sur leurs intentions. C'eût été le moins !...

– Je ne crois pas que ce fussent des Allemands. Ces hommes parlaient une langue inconnue ; et je vous jure, vous entendez bien : je vous jure que je ne sais pas où j'étais.

Ma stupeur ne diminuait pas.

– Nous reprendrons cet entretien, dis-je. Pour le moment, je vois Césarine, votre vieille servante, qui ouvre les persiennes. M^me Lebris est éveillée...

– Non, nous ne reprendrons pas cet entretien. Vous êtes un bon ami, mon cher Bare, mais je vous supplie, je vous supplie de me laisser goûter dans toute sa plénitude la joie d'être ici, dans ma bonne petite ville, près de maman, près de vous... Pas de retour en arrière ! Pas d'histoires ! Je suis là, vivant ; que cela vous suffise à tous. Et vous, le scientifique, le chercheur, eh bien... Il se mit à rire et tâtonna pour trouver mon épaule. Eh bien, fichez-moi la paix !... Allez, maintenant, cher ami, et revenez vite ! Et merci de tout cœur !


Le même jour, un peu avant midi, ayant fait mes visites du matin, j'arpentais en tout sens mon cabinet de travail. Jean avait réintégré le domicile maternel dans les embrassements que l'on devine ; mais la pensée de son aventure incroyable agaçait mon ignorance.

J'aime ce qui est net. Toute ténèbre m'irrite. Le taureau fonce sur le rouge ; c'est sur le noir, que je charge. Me poser un problème, c'est poser une écuelle de soupe devant un affamé. Quand je sens la vérité m'échapper, je ne vis plus.

« Pas d'histoires », « être tranquille », c'était fort bien. Jean Lebris avait droit au repos ; d'accord ! Mais cette séquestration, ces pratiques expérimentales, est-ce que cela ne méritait pas une enquête ? Et cette enquête, les autorités françaises la feraient-elles ? Il fallait éclaircir les conditions dans lesquelles Jean Lebris avait disparu de l'ambulance saxonne, établir les responsabilités, exiger des sanctions, découvrir quelles gens l'avaient soigné à leur façon, et vérifier si, mieux traité, le petit soldat n'aurait pas conservé l'usage de ses yeux...

Enfin, je l'avoue, ma curiosité médicale était violemment excitée, et j'aurais donné beaucoup pour connaître le but mystérieux que les ravisseurs de Jean s'étaient proposé... Je savais à quoi m'en tenir sur l'indifférence administrative, les bureaux, les paperasses. On n'avait qu'à laisser faire ; bientôt il ne serait plus question de rien, les coupables resteraient impunis et l'énigme demeurerait sans réponse. Avait-on le droit de sacrifier la justice et la vérité à l'inertie – à la lâcheté presque – d'un jeune homme farouche ?... Ah ! ce caractère de misanthrope, cette ombrageuse timidité, cet effacement morbide, comment les vaincre ? Comment triompher de mon ami Jean ?...

On venait d'ouvrir la fenêtre de sa chambre, et je le voyais lui-même, à travers la guipure de mes rideaux, tâtonner, palper les meubles familiers... Sa mère était là, mais bientôt elle le laissa seul.

Jean tenait des pinceaux, une palette... Hélas !... Il les reposa tristement.

Qu'allait-il devenir dans l'existence ? Les Lebris n'étaient pas riches. Cette petite maison constituait le plus clair de leurs biens. Ils n'en occupaient que le premier étage. Le rez-de-chaussée, en boutique, était loué au chapelier, et le second étage restait vacant depuis plusieurs mois... Quel avenir les attendait, par ces temps de vie chère, elle âgée, tordue de rhumatismes, et lui aveugle !

Mais l'avenir, pour lui, n'était-ce pas, à bref délai, le sanatorium ?...

Midi commença lentement de sonner. Mon déjeuner, servi, refroidissait... J'étais retenu là par je ne sais quelle confuse anomalie... je ne sais quelle contradiction indéfinissable entre les gestes de Jean Lebris et ce fait qu'il était aveugle...

Je le suivais des yeux dans ses allées et venues précautionneuses. Ses mains glissaient le long de la cheminée, éprouvaient des surfaces, s'assuraient de contours... L'une d'elles se porta soudain vers son gousset, et le geste qu'il fit était si naturel, si normal, que, sur le moment, je n'eus pas la sensation d'un phénomène invraisemblable...

Pourtant, lorsque la suprême vibration de la cloche s'éteignit sur le bourg, j'étais encore figé dans la même attitude...

Au dernier coup de midi, Jean Lebris, l'aveugle, avait regardé sa montre et l'avait mise à l'heure.

## III

## L'ADORABLE FANNY

*Qu'est-ce que cela voulait dire ?*

*« Jean a menti, pensai-je. Il voit clair. Quoi ! Sans yeux ? Avec ces choses inanimées ? Allons donc ! C'est fou ! Je me serai trompé. J'ai mal observé. Il a tiré sa montre, et il l'a mise à l'heure au toucher des aiguilles, après avoir soulevé le verre ; rien de plus facile ; chacun sait où se trouve midi, sur le cadran de sa montre, par rapport à l'anneau... Mais pourtant, non, je regardais attentivement... Cela demande confirmation. Mentir ? Pourquoi ? Si véritablement on l'avait pourvu d'appareils visuels ; s'il portait, sous les sourcils, des merveilles assez précieuses pour remplacer les yeux, serait-il assez égoïste, assez bêtement sauvage pour le cacher ? »*

*À cette question une voix intérieure me répondait : « Oui. » Et ce n'est pas sans ironie que je mesurais combien Jean Lebris m'apparaissait moins pur, moins parfait, depuis qu'il n'était plus mort. Son retour parmi nous l'avait dépouillé d'une auréole, et je me sentais incapable de rendre au vivant le culte que j'avais voué à sa mémoire. Petits travers que les siens, je le reconnais ; mais les morts sont des dieux.*

*« D'un autre côté, reprenais-je en moi-même, il y a des comédies qu'un regard de médecin démêle à coup sûr. Feindre la cécité n'est pas chose commode, et je ne m'y serais pas trompé !... Il est vrai que tout à l'heure, justement, un doute très vague m'occupait... Je me réserve de tenter quelque épreuve. »*

*À peine avais-je pris ce parti, qu'un rayon de soleil pénétra fort à point dans mon cabinet.*

*Jean, au fond de sa chambre, était tourné vers moi. Sa fenêtre était encore ouverte. J'ouvris la mienne sans bruit, et je plaçai dans le rayon un petit miroir de poche. Projeté par la glace, un rond folâtre tremblota sur la façade ombreuse, puis sur le mur au fond de la chambre ; il se posa comme un masque de lumière sur le visage de Jean Lebris...*

*Ni l'homme ne broncha, ni ses yeux ne cillèrent.*

*Alors ? Que penser ?...*

J'étais perplexe. Le plus sage était de garder le silence jusqu'à nouvel ordre. Aussi bien, quoi qu'il en fût, le secret de Jean ne touchait en rien à son honneur militaire. D'un bout à l'autre de la guerre, il s'était conduit vaillamment. Tombé sous les yeux de ses chefs, au cours d'une retraite commandée, il faisait partie d'une classe actuellement démobilisée ; la paix allait être signée ; il était libre ; et, grâce à Dieu, je le connaissais assez pour savoir que, si l'exil s'était prolongé pour lui, cela ne pouvait être qu'à son corps défendant.

Je dus patienter pendant quinze jours avant de trouver l'occasion qui me livra la vérité.

La vérité ! Elle dépassait tout ce que mon imagination pouvait prévoir ! Sa révélation aurait dû m'exalter, me transporter d'enthousiasme et me laisser confondu, comme si j'eusse été quelque humble médecin du Moyen Âge à qui l'invention de la radiographie ou de la télégraphie sans fil eût été dévoilée par anticipation... Certes, je ne dirai pas que mon esprit résista au vertige. Quand j'aperçus l'immensité de la découverte, un frémissement m'agita tout entier... Mais l'homme est ainsi fait que son cœur le gouverne ; le mien palpitait alors d'un amour naissant, et rien ne pouvait plus me passionner de ce qui n'était pas l'adorable Fanny.

*Fanny !...*

Ma main tremble lorsque j'écris son nom... Je ne croyais pas qu'il existât sur terre une créature aussi séduisante ; et d'abord j'ai pensé que j'étais seul à subir l'attrait de ses charmes, par le mécanisme secret des affinités... J'avais vécu jusqu'à trente-cinq ans sans croire à l'amour tel que les poètes le chantent. J'avais passé parmi les femmes de mon temps, la bouche serrée et l'œil dur, sans que l'une d'elles m'eût attiré. Celle-là n'eut qu'à paraître pour faire de moi son serviteur avide et frissonnant... Un peu plus tard, avec autant d'orgueil que de jalousie, je me rendis compte que Fanny était pour tous ce qu'elle était pour moi, et que sa radieuse jeunesse exerçait un empire universel...

*Fanny ! Fanny !...*

*Ce fut comme un pressentiment.*

Deux semaines environ après le retour de Jean, M^me Lebris, justement préoccupée de la santé de son fils, m'avait demandé de l'ausculter. Nous étions dans la chambre de l'aveugle. Le soir tombait. J'entendais, au-dessus de nous, quelqu'un marcher en tous sens et le glissement d'objets lourds qu'on traînait sur le plancher...

— Eh bien ? me dit M^me Lebris quand l'examen fut terminé.

— Eh bien, répondis-je en dissimulant le fond de ma pensée, cela n'est pas très inquiétant, mais l'air des hauteurs me semble indiqué.

— Jamais ! s'écria Jean. Quitter Belvoux ! Ah, non ! Le printemps commence, et l'air d'ici n'est pas mauvais. À l'automne, si vous y tenez, nous pourrons aller du côté de Nice, à Cannes, par exemple...

« À l'automne..., pensai-je. Où serez-vous, mon pauvre Jean, à l'automne ! »

— D'ici là, reprit-il, sauf votre respect, docteur, nous ne bougerons pas et nous ferons des économies.

Quel psychologue, quel devin m'expliquera pourquoi j'étais distrait, pourquoi, malgré mon chagrin, malgré le désastre pathologique que l'auscultation venait de m'apprendre, ce remue-ménage martelant le plafond se répercutait dans les profondeurs de mon être et accaparait une bonne part de mon attention ?

— Oh ! des économies..., releva M^me Lebris ; à présent que le deuxième étage est loué...

— Par le temps qui court, maman, 1.800 francs ne sont pas grand-chose !

— Ah ! fis-je. Vous avez loué ?

— Mais oui ! exulta la vieille dame. C'est à M^e Puysandieu que nous le devons. Il nous a procuré des locataires charmantes : des dames de Lyon...

— D'Arras, rectifia Jean ; mais elles se sont réfugiées à Lyon pendant la guerre. Tous leurs biens ont été détruits. Elles cherchaient une installation plus campagnarde. Puysandieu avait fait paraître des annonces dans les journaux lyonnais, pour l'appartement. 1.800 francs, tout meublé, c'était raisonnable. Ces dames sont venues visiter ce matin, et elles restent. Mais j'entends d'ici qu'on modifie le décor... On a ses goûts et ses idées !

— M^me Fontan est repartie pour Lyon, dit M^me Lebris. Elle ne reviendra que demain, avec les malles. C'est M^lle Grive qui s'organise là-haut.

– M<sup>lle</sup> Grive ? questionnai-je.

– La nièce, dit Jean. Et M<sup>me</sup> Fontan : la tante. M<sup>lle</sup> Grive, c'est la jeune fille qui règne, M<sup>me</sup> Fontan la brave femme qui pivote. Voulez-vous voir l'enfant, Bare ? Rien de plus simple ; elle dîne avec nous. Maman vous invite. N'est-ce pas, maman ?

– Bien volontiers ! fit M<sup>me</sup> Lebris avec la crainte manifeste du gigot trop modique ou du chapon trop svelte.

J'excipai, pour refuser, d'un prétexte quelconque, et je me retirai, fidèle à la consigne que je m'étais donnée, c'est-à-dire sans avoir, plus que les jours précédents, risqué quoi que ce fût à propos de l'inconcevable cécité de Jean Lebris.

M<sup>lle</sup> Grive descendait l'escalier du deuxième étage dans une envolée de mousseline. Je m'effaçai contre la muraille du palier, saisi d'un trouble ravissant, avec un salut gauche et machinal... Et quand je fus rentré chez moi, il me parut que cela s'était fait par enchantement, et qu'une baguette magique m'avait transporté instantanément du palier de M<sup>me</sup> Lebris dans mon cabinet...

Fanny, je ne suis qu'un misérable lâche. J'ai beau tendre toute mon énergie pour effacer de ma mémoire votre image charmante ; vous m'avez marqué de votre sceau brûlant, et j'en sens la douce blessure depuis ce crépuscule où je vous entrevis, ma bien-aimée – depuis cette nuit que je passai dans la fièvre d'un étonnement et d'une joie sans bornes, me répétant tout haut que j'aimais, que j'aimais, que j'aimais !... Ah ! l'exquis et l'affreux souvenir !... Fanny ! blonde Fanny qui descendiez vers moi, légère et souple, dans les nuées de votre chevelure et de vos mousselines, comme Diane devait glisser vers Endymion... Je vous aime encore, hélas !

Je la revis le lendemain, comme j'allais chercher Jean pour le mener à la promenade.

Car M<sup>me</sup> Lebris, impotente, ne pouvait servir de guide à son fils ; Césarine avait d'autres occupations ; si bien que je m'étais imposé de consacrer quotidiennement une heure à Jean Lebris. Quand mes malades ne m'en laissaient pas le loisir et que M<sup>r</sup> Puysandieu ne pouvait me remplacer, mon ami Jean se risquait seul au dehors, sur une sente sylvestre, de lui très familière, dont il palpait le talus du bout de sa canne. Les bois, en effet, s'étendent derrière la maison Lebris, et c'est, paraît-il, ce voisinage bocager qui avait décidé M<sup>lle</sup> Grive à s'y établir pour l'été.

Je ne sais quel détail d'aménagement avait provoqué sa présence chez sa propriétaire, lorsque je m'y présentai moi-même.

M<sup>me</sup> Lebris me nomma.

La veille, à peine avais-je eu le temps d'apercevoir la jeune fille. Je ne connaissais encore que la beauté de sa personne, la grâce de ses mouvements, le regard velouté de ses yeux gris de perle et ce parfum de rose dont elle était fleurie... Sa voix faisait une musique...

J'ai dû pâlir et trembler. Je cherchais en moi celui que je n'étais plus. J'aurais voulu tout ensemble m'enfuir et ne plus jamais la quitter.

— Je viens..., balbutiai-je. C'est pour la promenade de Jean...

Jean venait de sortir. Il était tard. Croyant que je lui ferais faux bond, il s'était résigné à se passer de moi. Césarine, l'ayant conduit à la lisière des bois, remontait.

— Vous le rejoindrez rapidement, fit M<sup>me</sup> Lebris. Il sera si content !

— Oh ! madame, pourquoi ne m'avez-vous rien dit ? reprocha M<sup>lle</sup> Grive. J'aurais accompagné monsieur votre fils...

Cela fut dit d'un ton plein d'humanité, si simple, si touchant, que la pauvre mère en eut les larmes aux yeux. Et cela fut dit de cette voix caressante qui me semblait prêter au moindre mot banal la douceur passionnée du plus tendre serment !

Je m'esquivai, la poitrine en révolution, ivre de bonheur. La Nature embellie m'entourait de promesses. Je n'avais jamais rien vu d'aussi agréable que ce sentier d'herbes folles, côtoyé de buttes verdoyantes. Le soleil, brillant à travers les jeunes frondaisons, paraissait y donner une fête en mon honneur. Les fleurettes n'étaient vives, les oiselets n'avaient de ramages que pour me féliciter. Le printemps ne régnait qu'à cause de mon amour. Je chuchotais :

« Je suis heureux ! J'aime ! Merci, les pâquerettes ; merci, le bouvreuil ; merci, merci, soleil, azur, papillons... Bien gentils, bravo ! » Et je portais mon cœur comme un ostensoir !

Pourtant, cette fin de journée était, à vrai dire, plus estivale que printanière. Une chaleur prématurée cuisait la terre, et, comme une énorme montagne de neige étincelante, un nuage monstrueux encombrait le sud-ouest.

J'allais. Tout à coup, sortant du rêve, je fis la réflexion que Jean Lebris avait marché singulièrement vite... Ou bien s'était-il engagé dans une autre direction ? Le sentier bifurquait derrière moi ; pouvait-on supposer que l'aveugle se fût hasardé... Non. La bifurcation se coudait à main gauche, et je savais que Jean prenait soin de traîner sa canne au long du talus de droite... C'est, du moins, ce qu'il m'avait dit. Mais, à tout prendre, fallait-il le croire ?... L'incident de la montre m'obsédait.

Je m'arrêtai. On n'entendait que le fourmillement des sous-bois dans le calme orageux de l'espace et, plus loin, le murmure étouffé de la bourgade. Je retins un appel ; mon jeu, au contraire, était le silence. Jean se croyait seul au milieu des fourrés ; le retrouver en tapinois, l'épier, voilà le plan ; l'attendre, au besoin, en arrière, à la bifurcation, sans faire de bruit, peut-être même sans se montrer...

Mais il me sembla percevoir, en avant, le son rauque et saccadé d'une quinte de toux...

J'avançai prudemment.

Le soleil baissait. Sous la voûte des feuillages, l'ombre venait peu à peu. Une tortue m'aurait suivi.

Enfin, Jean Lebris m'apparut.

Il était assis sur un arbre abattu, à l'écart du sentier qui, maintenant, serpentait de plain-pied à travers bois ; et il me tournait le dos.

Lentement, choisissant la mousse pour y porter mes pas, je gagnai l'abri d'un épais buisson. Là, bien que je fusse toujours derrière le promeneur, je pus me convaincre qu'il examinait, dans ses mains, quelque chose. Quelle chose ? Ma position et l'ombre croissante m'empêchaient de m'en rendre compte. Cependant cette chose, maniée, faisait un cliquetis métallique...

L'horizon gronda. La chaleur, abusive, créait l'une de ces ambiances inhospitalières dont le corps humain s'étonne et s'effraie, comme si ce fût là le début des temps irrespirables.

Je pris mon mouchoir pour m'éponger le front ; mon couteau, s'échappant, tomba sur une pierre. Au bruit, Jean Lebris, jailli debout, me fit face.

– Qui va là ? dit-il d'une voix coupante.

Ma stupéfaction ne peut se décrire. Il me regardait à travers la masse opaque du buisson, et ses yeux fixes, ses larges yeux énigmatiques luisaient d'une faible luminescence !

Je sais ce qui m'hébéta davantage : de voir dans cette figure ces deux lueurs, d'être fixé par elles malgré l'obstacle qui me séparait de Jean Lebris, ou de constater que cet homme, qui me regardait et dont j'étais l'ami, ne me reconnaissait pas !

— Qui êtes-vous ? Que voulez-vous ? reprit-il d'un ton menaçant. Répondez, ou je tire !

Ce qu'il maniait tout à l'heure me fut alors dévoilé ; c'était un revolver. Il le braquait sur moi avec une incontestable précision. Vingt mètres au maximum nous séparaient.

Je prononçai, très posément et non sans gravité :

— Docteur Bare ! N'ayez pas peur, Jean.

Il eut un geste de contrariété, presque de rage, et remit son arme dans sa poche.

J'étais près de lui.

— Mon petit Jean, lui dis-je affectueusement, vous ne pouvez pas rester seul en compagnie de votre secret. Vous avez besoin d'aide. Vous craignez des dangers, et, si j'en juge par l'émoi que vous venez d'éprouver et qui vous a trahi malgré vous, si j'en crois les moyens radicaux que vous n'hésitez pas à employer contre les indiscrets, ces dangers sont redoutables. Ne pensez-vous pas qu'un allié vous serait précieux ? Croyez-vous, sans appui, pouvoir dissimuler à tous la... particularité dont vous êtes... le siège ? Croyez-vous pouvoir vous défendre, avec vos propres forces, contre les curieux et contre... vos ennemis ?... Car, n'est-ce pas, c'est bien un ennemi que vous soupçonniez derrière le buisson ?...

Après un instant de sombre méditation, Jean leva vers moi ses yeux nus et phosphorescents.

— Mon cher Bare, fit-il, je vous en donne ma parole : la seule raison de mon silence, c'est que je ne veux pas, je ne veux à aucun prix qu'on me traite en phénomène, en sujet de vitrine, en monstre que les médecins et les savants se passent de l'un à l'autre...

– Ce n'est pas le médecin, c'est l'ami qui vous parle.

– Donnez-moi votre parole, à votre tour...

– Tout ceci restera entre nous, Jean, si vous le souhaitez. Mais pourtant, il me semble... la Science...

– Laissez la Science où elle est. Je sais que je n'ai plus longtemps à vivre. Ne protestez pas ; l'auscultation vous l'a dit. Eh bien, je veux finir mes jours, si Dieu le veut, dans la tranquillité.

– Soit. Je vous donne ma parole d'honneur de garder votre secret.

– Quand je n'y serai plus, vous ferez ce que vous voudrez. Jusque-là, que cela soit bien entendu : vous ne parlerez de mon aventure à âme qui vive ?

– C'est promis, Jean.

Il ferma les paupières un instant, pour se recueillir. Elles apparurent légèrement roses, par transparence.

IV

L'AVENTURE DE JEAN LEBRIS


Jean Lebris parlait :

— La dernière vision que j'ai perçue... Oui, je dis bien « vision », Bare, vous comprendrez par la suite. La dernière fois que j'ai vu le spectacle des choses telles que vous les voyez vous-même, solides et colorées, c'était dans une prairie marécageuse, au nord de Dormans.

« Ma compagnie se repliait sous les obus. Derrière nous, les champs montaient, et l'horizon tout proche se découpait sur le ciel comme un mur. Devant nous, de grands arbres limitaient la prairie, formant un bois touffu qui s'allongeait indéfiniment à droite et à gauche. Je suppose qu'une rivière doit couler par là.

« Nous courions, entourés de sifflements et de détonations. Les grands arbres volaient en éclats, ou leur feuillage s'agitait au vent des projectiles. Les obus, serrés, faisaient jaillir des volcans de toutes parts ; l'air brutalisé nous bousculait. C'était un véritable enfer, où l'on entendait miauler dans le vide comme une légion de chats invisibles, enragés, écorchés, ébouillantés. Car, dans ces moments-là, tout semble vivant.

« Des camarades culbutaient. Poussés par ce vieil instinct périmé qui survit à l'invention des marmites, nous nous hâtions vers le bois. Je ne l'atteignis point. Tout me porte à croire qu'un éclatement se produisit devant moi... Je n'ai rien vu, rien senti. Ce fut le non-être instantané. Et je ne puis vous dire combien de temps je suis resté là, couché dans l'herbe haute. Je repris conscience de moi-même par la sensation d'une courbature extrêmement douloureuse. L'immobilité me parut le comble du bonheur, et je restai longtemps dans un état de faiblesse et de torpeur, du fond duquel j'entendais gronder la canonnade. Puis le sentiment du péril se fit jour au sein de mon sommeil ; la nature, de plus en plus impérieuse, m'enjoignait de secouer l'engourdissement ; j'étais peut-être grièvement atteint, mon sang s'écoulait peut-être d'une blessure insensible...

« Il faisait nuit noire. Pas de lune, pas une étoile. Avec des efforts surhumains, je pus trouver mon briquet à essence dans une poche de ma veste ; mais, avant même d'en avoir fait usage, une idée terrifiante me traversa

32

l'esprit : le canon tonnait ; au-dessus de moi, j'entendais se croiser les trajectoires ; j'étais donc au milieu d'une bataille ; et pourtant, aucune lueur n'éclairait la nuit, ni d'un côté ni de l'autre !

« D'un coup de pouce, je fis tourner la molette du briquet... Pas de flamme. Je pinçai fébrilement la mèche... Une brûlure m'avertit que j'étais aveugle.

« Mes yeux me faisaient souffrir, c'est vrai, mais mon corps tout entier était si dolent, que rien, jusqu'ici, ne m'avait désigné les points les plus compromis de ma chair. Je me tâtai, comme un homme qui craint de s'être perdu lui-même. Je fus debout, je fis deux pas, mes mains se reconnaissaient doigt par doigt. Je les passai sur ma figure, et je ne sentis rien d'affreux ; ma moustache roussie, mes cils brûlés... Un picotement sur toute la face. Pour le reste : une migraine inimaginable et cette fatigue qui me rompait les muscles dans tous les coins de mon individu.

« Mais faisait-il nuit, vraiment ? Cela se pouvait... L'herbe était couverte de rosée. On devait être au matin. L'odeur piquante des déflagrations rôdait sur la prairie. Des gémissements se firent entendre. J'appelai mes camarades par leur nom. Personne ne me répondit. Alors, une brise ayant passé, le frémissement du bois me renseigna sur l'orientation. La France libre était par là...

« Et soudain, un bruit sourd et continu, auquel je ne pouvais me tromper, tambourina du côté de l'ouest. J'écoutai. C'était le bruit de l'artillerie sur les routes, un grondement qui s'étendait du nord vers le sud. L'ennemi avançait encore !... J'essayai de me traîner vers le bois, à quatre pattes. La tâche était au-dessus de mes forces, et même si la prairie n'avait pas été creusée d'entonnoirs et jonchée de cadavres, je n'y serais pas parvenu. Ayant tari mon bidon sans étancher ma soif, je m'allongeai, la face dans la fraîcheur de l'herbe, et je me résignai à mon sort.

« Je me souviens de m'être retrouvé accroupi et poussant des hurlements, après avoir distingué je ne sais quel bruit qui m'avait tiré de l'hébétude. En effet, des voix s'élevaient ; des hommes causaient entre eux, dans la distance. On vint. C'étaient des Allemands. Je fus placé sur un brancard, et je me sentis emporté. On m'introduisit, moi et le brancard, dans une automobile ; l'engourdissement me reprit... Au bout d'un certain temps, je me trouvai couché dans un lit, la tête entourée de pansements. La canonnade s'était éloignée.

« L'odeur pharmaceutique, les murmures environnants, les bruits du dehors... « Une ambulance », pensai-je. Mais moi qui avais trouvé la force de crier dans la prairie, j'étais trop faible maintenant pour dire un mot ; et l'on me posa, en allemand, des questions de circonstance auxquelles je ne pus répondre, bien que leur simplicité me permît de les comprendre. Je ne vais pas vous décrire, une à une, mes premières impressions d'aveugle et de prisonnier. Sachez seulement le principal, que voici :

« D'après mes suppositions, j'ai dû parvenir à l'ambulance à la chute du jour. On m'avait placé, autant que je puis l'estimer, dans une salle contenant un grand nombre de blessés. Au silence extérieur comme à la respiration de ceux qui dormaient, je conclus bientôt à la nuit. Une horloge sonnait les heures, je m'assoupis de nouveau. À minuit, je fus réveillé par des pas et des chuchotements. Les mots « Franzose », « Augen », « dreitausend Marken » frappèrent mes oreilles. Ils étaient deux qui conversaient. L'un ne faisait qu'acquiescer, et répétait : « So ! So ! » à tout bout de champ. « Français », « Yeux », voilà qui semblait se rapporter à moi... Mais que venait faire là dedans cette somme de « 3.000 marks » ?

« — Da ist der Kamerad ! fit l'une des deux voix.

« Et, avec un accent épouvantable, on me dit en français :

« — Gomment êdes-fus, mon fieux ? Nus allons fus gontuire en pon blace. Also, also, fus serez pien quéri... Fus ne bufez blas barler ? Ach ! Sehr gut !... Ludwig, och !

« Le contentement faisait ricaner cet homme. En un instant, je fus bâillonné et garrotté. On me transporta du lit sur une civière. L'automobile qui la reçut était cette fois si discrète, que son mouvement seul me fit connaître sa nature et sa rapidité. J'ai l'impression que le voyage dura plusieurs heures. Après quoi, je fus embarqué dans un wagon qui me sembla rouler indéfiniment. Je n'ai conservé de tout ceci qu'un souvenir très vague. La lassitude accablait mon corps, et l'indifférence endormait ma pensée. Il faut que l'éclatement de l'obus m'ait violemment ébranlé, ou, ce qui est fort possible, qu'on m'ait administré quelque substance abrutissante. Car, j'oubliais de vous le dire : les soins les plus attentifs me furent prodigués pendant la route ; une main experte renouvelait mes pansements, on me faisait boire des drogues avec toute la douceur désirable, et mille prévenances m'étaient réservées. Mais personne ne m'adressait la parole, et personne ne parlait dans le wagon. Une présence continuelle veillait auprès de moi, silencieuse et serviable.

« Où m'ont-ils conduit ? Quel était le but de ce voyage interminable ? Je puis certifier, à présent, que c'était une maison perdue dans la forêt. Mais en quelle région de l'Europe centrale ? Je l'ignore et sans doute l'ignorerai toujours.

« Tout à coup, il me parut que je me réveillai. Comprenez-moi : j'avais l'illusion de me réveiller tout à fait, après avoir rêvé le cauchemar de la prairie, de l'obus, de l'ambulance et du voyage. J'étais dans une couchette. Un grand calme succédait au roulement du train. Quelqu'un me maintenait la tête, et je sentais sur mes yeux une chaleur se mouvoir. « C'est quelque puissante lumière, me dis-je, dont on promène le faisceau d'un œil à l'autre. On m'examine. » Des personnages, autour de moi, discutaient avec animation. J'ai connu, depuis lors, que c'était là leur manière habituelle de causer, et que leur langage impénétrable – guttural, chantant, accentué – comportait l'ardeur du débit et une grande dépense de vociférations. Sans les voir, on les devinait gesticulants, grimaçants. Mais ce langage avait des rudesses barbares qui me déroutaient. Un idiome balkanique ? Peut-être. Aujourd'hui, malgré tout le romanesque de l'hypothèse, je croirais plutôt à une langue fabriquée, genre volapük ou esperanto. Je couvris mes yeux de mes mains.

« – Que voulez-vous ? Que me faites-vous ? dis-je. Qui êtes-vous ? Dites-moi où je suis.

« Deux mains affectueuses se posèrent sur les miennes, et la voix d'un homme jeune – une voix rassurante, sympathique, chaudement timbrée – me dit dans un français impeccable :

« – Monsieur Lebris, soyez sans inquiétude. Vous n'êtes entouré que d'amis. Cette maison est une maison de science. Considérez-la, en ce qui vous concerne, comme une clinique d'ophtalmologie. C'est moi qui suis votre médecin, et j'ai – soit dit non par vanité, mais pour vous rassurer – j'ai ici-bas quelque réputation.

« – Mais, monsieur le major, encore une fois, où suis-je ?

« – Je ne suis pas militaire, fit l'étranger dans un sourire que j'entendis. Appelez-moi... appelez-moi le docteur Prosope.

« – Grec ? Turc ? Autrichien ? Bulgare ? demandai-je avec une frayeur intuitive.

« – La Science n'a pas de patrie, monsieur Lebris. Que vous importe ? Mais, grands dieux, apaisez-vous ! Je ne sais ce que vous supposez...

« Sa main forte pressait ma main. Il ajouta solennellement :

« – Au nom de mes collaborateurs ici présents, je vous jure que nous n'avons à votre endroit, médicalement parlant, que des intentions fraternelles et secourables. Tout ce que nous pourrons faire pour vous secourir, pour améliorer votre état, sera fait.

« Mais je me rappelais la façon brutale dont on m'avait extrait de l'ambulance, et, en dépit de toutes les protestations, le caractère clandestin de l'aventure me faisait frissonner.

« – Pourquoi vos... agents m'ont-ils choisi, moi, entre tous les blessés de là-bas ?

« – Votre cas est de ceux qui nous intéressent.

« – -Mon cas... Il ne me paraît pas fameux...

« – Nous verrons. Espérez, monsieur Lebris. Et soyons amis.

« Mon cher Bare, il y a des accents qui ne trompent guère. En vérité ces hommes n'ont-ils pas fait le nécessaire pour me sauver la vue ? Et, n'ayant pu me la conserver, n'est-ce pas dans toute la sincérité d'une aberration qu'ils ont jugé que... Mais n'allons pas si vite.

« J'ai vécu, trois semaines, traité et soigné admirablement, en ce lieu de la terre qui ne m'est pas connu. J'avais une chambre bien aérée. Mon service était assuré par des domestiques furtifs et muets. Le docteur « Prosope » passait de longs moments à m'entretenir, et c'était une joie de l'entendre, car il voit les choses de haut, et il en sait, il en sait !... Cependant, je n'avais aucune nouvelle de la guerre ; le docteur prétendait s'en désintéresser comme d'un événement lointain – lointain dans tous les domaines. Et quand je lui demandai d'écrire à ma mère pour calmer ses alarmes, il me dit simplement que, pour l'heure, c'était impossible. J'ai beau faire appel à tous mes souvenirs, je ne me rappelle pas qu'il m'ait menti... Mais se taire, ne pas dévoiler certaines pensées, n'est-ce pas tout de même mentir ?... Enfin, que sais-je ? Quel est cet homme, après tout ?... Il avait tellement besoin de ma confiance, de ma complaisance...

« Un jour, il me dit, après m'avoir donné les soins matinaux :

« – Mon pauvre Lebris, je ne suis pas content. Ça ne va pas comme je voudrais, ces yeux-là.

« Je dois vous dire, Bare, que je m'attendais à rester aveugle toute ma vie, et que cette annonce ne me fit pas grande impression.

« – Le mieux, voyez-vous, reprit Prosope, le mieux serait de vous en débarrasser. Ils ne peuvent que vous nuire, en altérant le voisinage. D'ailleurs, je ne voudrais pas vous donner de folles espérances, mais il me semble que, cela fait, nous pourrions, dans une certaine mesure, tempérer votre infirmité.

« – Que dites-vous ! Une fois mes yeux partis, bien malin qui...

« – Tout dépendra de ce que nous trouverons derrière vos yeux. Vous saisissez ? Tout dépendra de l'état des nerfs optiques. Enfin, nous en recauserons, Lebris. Pour le moment, je vous conseille de faire enlever ça. L'énucléation s'impose, mon ami. J'insiste. Nous vous opérerons demain matin, n'est-ce pas ?

« J'y consentis de bonne grâce. Depuis quelque temps, mes yeux inutiles devenaient lourds, cuisants, ils me semblaient dilatés, et cette souffrance m'avait fait parfois désirer ce qu'on venait de me proposer. Au demeurant, je le répète, Prosope m'avait mis en confiance... Et la maison était si paisible ! Jamais un cri, jamais de vacarme suspect. Pendant mes heures d'oisiveté et de nostalgie, quand je songeais à la belle France que mes yeux ne reverraient plus – à moins d'un prodige auquel je ne croyais guère–, et même quand j'épiais les bruits de ma prison, pour tâcher de deviner ce qu'on y faisait, je ne distinguais que les rumeurs du travail et de la paix. Souvent, des machines tournaient ; un ronronnement d'atelier me parvenait à travers les bâtiments. Mais tout était placide, débonnaire, reposant...

« Le lendemain, je n'avais plus d'yeux... Au sortir de l'anesthésie, comme je cédais à une tristesse instinctive, Prosope m'apprit avec un enthousiasme étrange que l'opération s'était accomplie dans les meilleures conditions et que tout favorisait la tentative dont il m'avait parlé.

« – Les nerfs optiques sont intacts. Laissons cicatriser. Lebris, vous êtes né sous une bonne étoile ! Vous allez être associé à des recherches sensationnelles !...

« Il m'a dit qu'il ne savait pas du tout si la tentative en question réussirait ; je crois qu'il n'espérait qu'un résultat indicatif ; mais il fallait m'encourager !... En tout cas, bien que je l'accablasse de questions, je n'obtins de lui aucun éclaircissement sur le fond de l'entreprise ; et vous pouvez penser combien de conjectures se pressaient sans son crâne ! Je m'arrêtai successivement à l'idée d'une greffe, puis à l'idée d'une invention d'optique ; et je me voyais tantôt pourvu des yeux d'un animal quelconque, tantôt nanti de prunelles postiches, œuvre d'un opticien génial... Mais, de toute façon, je me voyais voyant ! Prosope n'avait-il pas tablé sur l'intégrité du nerf optique ?...

« Vous devez me trouver bien crédule mon ami. Mais si vous saviez tout ce que renferme, pour un aveugle, ce petit mot « voir » !... D'ailleurs, ce qui s'est produit n'est-il pas plus extraordinaire, plus magnifiquement prodigieux que ne le serait la vue artificielle !... Si vous le désirez, un autre jour, je vous énumérerai – autant du moins que j'ai pu m'en rendre compte et m'en souvenir – tous les préparatifs que je dus subir : soins variés, mensurations, moulages des orbites et, finalement, présentation de deux corps parfaitement lisses qui s'adaptaient au mieux dans leurs logements. On les retira presque aussitôt. Leur placement d'essai avait eu lieu en présence de plusieurs personnes ; elles ne se privaient pas de parler avec abondance, dans leur étrange charabia, et, ce jour-là, ce ne fut pas Prosope qui m'interrogea sur mes impressions, mais un vieillard dont la voix grêle semblait sortir d'une serinette. En français ? Naturellement, mais sans pureté et avec toutes les intonations du volapük mystérieux. Je lui dis n'éprouver aucune sensation pénible par le fait des deux boules qu'on venait de me poser, et je compris que ma réponse le comblait de satisfaction.

« À quelques jours de là, on m'endormit pour la deuxième fois. La première fois, mon réveil nauséeux s'était accompagné de phénomènes que vous connaissez sans doute : éblouissements, fulgurances et autres facéties déterminées par la réaction des deux nerfs optiques, puisque c'est là leur façon de souffrir et puisqu'on venait de pratiquer leur séparation d'avec mes yeux hors d'usage. Aussi, cette deuxième fois, quand les vapeurs d'éther commencèrent à se dissiper, et que des luminosités m'apparurent sous forme de traits et de brumes, je pensai bonnement qu'une cause similaire engendrait des effets analogues. Mais, peu à peu, à mesure que je sortais du néant provoqué, ma propre matière se reformait pour mes sens. Je me sentais étendu, les yeux fermés sous un épais bandage... Et pourtant... « Non, non, me dis-je, je ne suis pas éveillé ! Il faut, au contraire, que je sois plongé au tréfonds du sommeil opératoire ! Je suis le jouet d'une fantasmagorie, et cela..., cela ne peut être que le résultat détourné d'une douleur – d'une douleur que l'anesthésie m'empêche de sentir ; c'est la répercussion nerveuse d'un travail chirurgical : une piqûre, une coupure, traduite en hallucination !... Parbleu ! mes yeux ne sont-ils pas fermés ? N'ai-je pas un bandeau sur les yeux ?... » Erreur. J'étais indiscutablement éveillé, conscient, lucide ; et j'apercevais devant moi, debout et lumineux, un être effrayant et fantastique. »

V

## *LA MERVEILLE*

— *Imaginez, continua Jean Lebris, une forme humaine constituée par l'enchevêtrement d'une quantité de fils plus ou moins gros — une sorte de résille incandescente, brûlant d'un feu violet, et reproduisant, par ses entrelacs et ses ramifications aériennes, l'apparence légère et anatomique d'un de nos semblables. On aurait dit un homme construit comme une racine d'arbre lumineuse, un homme branchu, dont le cerveau faisait dans ma nuit un bloc de lumière duveteuse et dont la moelle épinière s'allongeait, luminescente, comme un tube de Geissler en activité.*

*« Le spectre bougea. Ses lignes étaient, pour moi, comme tracées au phosphore sur un tableau noir. Je remarquai entre elles (dont certaines étaient plus ténues que des cheveux) une sorte de nébulosité violâtre qui, remplissant les vides, achevait les contours de la structure et dessinait à l'estompe la masse d'un individu.*

*« — Qu'est-ce que je vois ! m'écriai-je avec horreur.*

*« Alors, dans le bas de la face, les filets phosphorescents se mirent à se distendre et à se contracter ; ceux de la gorge s'activèrent également, tandis que la clarté du cerveau s'intensifiait à gauche du front. Et tous ces filaments de luire davantage, d'un feu changeant et concentré, comme la braise quand on souffle dessus. Le spectre, penché sur moi, me parlait :*

*« — Vous voyez ? Vous voyez ?... Lebris, c'est bien vrai ?*

*« — Oui, dis-je en reconnaissant la voix du docteur Prosope. Je vois un spectacle inimaginable, à travers mes paupières et les toiles du pansement.*

*« — Vous êtes sûr ? Dites-moi, dites-moi ce que vous percevez...*

*« Je le lui dis. Et j'eus la surprise supplémentaire de voir le bonhomme de fil exécuter quelques glissades en tournant sur lui-même. D'autres se seraient jetés à genoux pour remercier le Seigneur ; Prosope, content du Sort, dansait le tango.*

39

« – De grâce, expliquez-moi…, implorai-je.

« – Tout à l'heure. Attendez un instant. Il faut que l'on sache…

« Je vis le bizarre aspect de Prosope se rapetisser avec promptitude, pivoter (la porte claqua), changer d'apparence par l'effet de la perspective (j'entendais ses pas dégringolant l'escalier), et je me rendis compte qu'il s'éloignait à travers une infinité de plans vaporeux, de cadres plus ou moins discernables, qui composaient pour moi un monde embrouillé, ici translucide, là transparent, coupé de droites géométriques, cloisonné de parois diaphanes et semé de halos innombrables. À cet instant, au début même de ma prodigieuse transformation, cette mêlée n'était pour moi qu'un chaos très pâle, à peine sensible ; et derrière ces velléités (colorées d'un mauve variable) la nuit d'encre, la terrible nuit des aveugles, subsistait. C'est alors qu'ayant regardé mon propre corps, je n'aperçus de moi-même qu'une espèce de monstre pareil à celui qui venait de s'esquiver… Quatre formes, quatre armatures, quatre hommes en ramifications lumineuses s'empressaient maintenant à mon chevet. L'une d'elles était bossue. Une autre se courbait, ratatinée. Je distinguai, sur des ventres, la silhouette de montres et de chaînes, presque imperceptibles, et d'autres petites ombres rondes qui me semblèrent pouvoir être des boutons, des pièces de monnaie… Prosope était reconnaissable à sa haute taille et à son vaste encéphale. On m'ôta le bandeau et j'ouvris les paupières sans que rien fût changé à mes sensations. Vous pouvez croire que l'idée de la radiographie me poursuivait ! Mais pourtant je me disais qu'avec des yeux radiographiques, j'aurais vu *le squelette* des gens et non *leur système nerveux*… Prosope, resté seul avec moi, me donna l'explication que j'attendais.

« – Lebris, me dit-il, vous me demandiez tout à l'heure, avec un étonnement gâté par l'effroi, « ce que vous voyiez ». Pardonnez-moi si, pour l'exposer, il m'arrive de vous rappeler quelque principe déjà connu de vous. Mais je voudrais, sur toute chose, être clair.

« Vous savez, Lebris, que l'œil est relié au cerveau par le nerf optique, lequel transmet au cerveau les impressions lumineuses que l'œil a reçues. Vous savez, d'autre part, que le nerf optique ne peut envoyer au cerveau *que* des impressions lumineuses, et point d'autres. Pincez-le, ce n'est pas une douleur qui en résulte, mais la sensation d'une clarté. (Notons déjà, en passant, cette sensation lumineuse d'un contact, qui n'est, à tout prendre, qu'une *vision du toucher*.)

« Toute excitation du nerf optique se traduit donc, pour un individu, en manifestations lumineuses, qu'il y ait un œil au bout de ce nerf, ou qu'il n'y en ait pas. Soit un homme en possession de ses yeux. Chez lui, le nerf optique communique au cerveau les indications fournies par la rétine. Cet homme a des sensations d'images, de couleurs, d'ombres et de clartés ; bref, il perçoit tout ce que l'œil enregistre par le secours de son admirable complexité. Supprimez l'œil. Excitez le nerf directement. Plus d'images, hélas ! mais seulement des luminosités confuses, à peine expressives, qui ne révèlent presque rien du monde extérieur et n'avertissent le sujet que d'un vague incident.

« Mais si, à la place de l'œil, j'installe un autre organe, et que je mette cet autre organe en communication avec le nerf optique ; si, par exemple, je remplace votre œil par un appareil auditif, ou, ce qui revient au même, si je relie votre oreille au nerf optique, au lieu de la laisser en rapport avec le nerf auditif, qu'arrivera-t-il ? Ceci : votre oreille continuera à enregistrer des sons ; mais ces sons, vous les percevrez sous une forme lumineuse, puisque c'est là le seul langage que le nerf optique sache parler et transmettre. Vous verrez les sons, vous ne les entendrez plus ; vous aurez du monde sonore une perception visuelle.

« Puisque nous avons cinq sens, on peut dès lors imaginer une série de cinq personnages diversement conditionnés sous le rapport de la vue. L'un, normal, verrait tout ce qui est normalement visible. Des autres (tous quatre opérés) le premier verrait les sons, le deuxième verrait les odeurs, le troisième verrait les saveurs, et le quatrième (plus difficilement représentable, à cause que l'organe du toucher se diffuse en nous) verrait les contacts.

« Or, Lebris, quelques expériences nous ont convaincu que ces fantaisies physiologiques sont chirurgicalement réalisables, surtout en ce qui concerne l'ouïe, le goût, l'odorat et la vue, ce dernier sens étant pris comme base expérimentale. Artificiellement, tout est visible, pour peu que le nerf optique soit relié à l'organe voulu. Tout : parfums, musiques, succulences ! Mais vous me direz qu'une pareille démonstration n'a qu'un intérêt bien spéculatif, quasi facétieux, et qu'en somme il importe aussi peu d'écouter avec l'œil que de marcher sur les mains. Vous avez raison, Lebris. Attendez, cependant.

« Vous n'ignorez pas que les cinq sens de l'homme ne sauraient prétendre à lui donner la perception totale de la matière en ses états différents. Cinq sens ! Il en faudrait peut-être cent, peut-être mille, pour prendre connaissance de tout ce qui existe ! La Nature s'enveloppe d'un grand nombre de voiles. Jusqu'ici, l'homme n'en a soulevé que cinq — ceux que soulevait déjà l'ancêtre des cavernes. Les autres voiles, que cachent-ils ? Ils cachent certaines qualités de la matière pour lesquelles nous n'avons pas d'organe percepteur, dont la raison seule nous fait présumer l'existence et dont rien ne peut nous faire soupçonner le caractère, parce que nos sens ne les perçoivent jamais, même indirectement par échos ou reflets. Ils cachent aussi certaines autres qualités pour lesquelles nous ne possédons pas non plus de sens approprié, mais qui pourtant se révèlent à nous quelquefois, exceptionnellement, par quelque effet visible, odorant ou bruyant, sortes de fugues, d'escapades que font ces choses-là dans le domaine de la vue, de l'odorat, de l'ouïe…

« Certes, Lebris, il est beau que l'homme soulève chaque jour davantage les cinq voiles qu'il a saisis de sa main frémissante. Il est beau que le téléphone augmente si formidablement l'acuité de son tympan. Il est beau que le microscope et le télescope lui donnent tour à tour des prunelles de Lilliputien et de Géant, et que ses regards percent les murailles au clair des rayons X. Il est beau, surtout, que l'esprit du savant supplée, par l'intuition et le calcul, à l'infériorité de ses sens et même à l'absence d'organes sensoriels. Mais, dites : celui-là qui doterait l'humanité d'un sixième sens, celui-là qui adapterait au nerf optique un nouvel organe, sensible à des vibrations encore inaperçues, encore imperçues par aucun autre nerf ? Comment le qualifier ?…

« Écoutez : parmi les éléments mystérieux qui sont à l'homme ce que la lumière est aux aveugles, mais qui cependant, par-ci par-là, d'une manière détournée, se plaisent furtivement à lui déceler leur existence, il en est un, Lebris, qui n'est plus pour vous inconnaissable. Cet élément, que nous distinguons rarement, grâce à d'exceptionnelles manifestations lumineuses, sonores, tactiles, voire olfactives et gustatives, cet élément que nos ingénieurs utilisent aujourd'hui sans savoir au juste ce qu'il est, ni comment il agit, cet élément redoutable, occulte, universel, vous, Lebris, seul au monde, vous en recevez l'impression directe. J'ai remplacé vos yeux par des appareils qui le saisissent comme l'oreille saisit le son, comme l'œil saisit la lumière visible. Moi, je ne devine la présence de cet élément qu'au bruit du tonnerre et de l'étincelle, à la vue de la foudre, à l'odeur de l'ozone, à la secousse d'une bouteille blindée, au spectacle de machines qui tournent et d'ampoules qui brillent… Vous, partout où elle est, vous voyez L'ÉLECTRICITÉ.

« J'ai remplacé vos yeux par des façons d'électroscopes très perfectionnés. Ils perçoivent du monde l'aspect électrique ; ils n'en perçoivent pas d'autre ; et, naturellement, votre nerf optique vous traduit cet aspect sous forme de luminosités.

« Remarquez-le : au lieu de mettre l'électroscope à la place de l'œil, on pourrait parfaitement le substituer (mettons) à l'oreille. On pourrait le relier au nerf auditif plutôt qu'au nerf optique ; et alors l'opéré entendrait les phénomènes électromagnétiques, au lieu de les voir. Pour comprendre à quel point le nerf optique était indiqué entre tous autres, il suffit de songer un instant ; il suffit de se rappeler que la vue est notre sens principal, et que l'électricité offre avec la lumière bien plus d'analogie qu'avec le son, l'odeur ou la saveur. C'est pourquoi nous avons demandé à nos amis du front de nous envoyer des blessés aveugles, pour nos expériences. Vous n'en êtes pas moins le premier, Lebris ! le premier homme qui ait soulevé le sixième voile de la Nature ! »

« Le docteur Prosope se tut, après avoir prononcé d'un ton orgueilleux cette phrase emphatique. Sa victoire le transportait ; je voyais son système nerveux se moirer de luminescences. Moi, je restais confondu. D'abord, il me déplaisait de jouer le rôle passif d'un sujet de laboratoire, j'en étais honteux ; cet homme m'avait rabaissé au rang des cobayes. S'il s'était servi d'un être humain, au lieu d'un animal, c'est uniquement parce qu'il avait besoin que son patient lui fît part de ses impressions... Ensuite, je vous l'ai dit : après avoir accepté la cécité, j'avais espéré recouvrer la vue, et ma déception me laissait triste et morne. Je n'ai rien d'un explorateur, moi, et voilà que je me trouvais tout à coup arraché à mes vieilles habitudes, jeté, seul – seul de tous les hommes–, au sein de régions physiologiques inexplorées !... Un phénomène, moi ! Jean Lebris, un être à exhiber ! Ah !...

« – Vous ne dites rien ? reprit Prosope.

« – J'aurais mieux aimé voir, lui dis-je avec humeur. Revoir, comme avant. Puisque vous êtes capable d'inventer des yeux extraordinaires, ce serait un jeu pour vous de fabriquer des yeux ordinaires, de reproduire la Nature, de rendre aux aveugles la faculté qui leur manque si cruellement.

« – C'est une conception étroite et égoïste, un point de vue mesquin. Pouvez-vous comparer la guérison d'un infirme – un raccommodage – à l'extension de la puissance humaine ? Nous ne sommes pas des rebouteux, nous sommes les pionniers de la plus grande humanité !... Au surplus, Lebris, il faut savoir que ces appareils électroscopes, dont vous êtes munis, ne sont pas autre chose, au fond, que des yeux... Mais oui. Tout à l'heure, je parlais d'analogie entre la lumière et l'électricité. L'expression est insuffisante... La lumière et l'électricité sont identiques. Ce que nous appelons « lumière » n'est qu'une électricité dont les oscillations sont assez rapides pour influencer la rétine. Ce que nous nommons « électricité » n'est qu'une lumière dont les oscillations sont trop lentes pour que notre œil puisse les capter. On est arrivé à produire des courants électriques de cinquante milliards d'oscillations par seconde ; qu'on parvienne à rendre ces oscillations dix mille fois plus fréquentes, les ondes lumineuses elles-mêmes seront reproduites. Vos électroscopes ne sont, en fin de compte, que des *yeux ralentis*. Et vous comprenez maintenant tout à fait pourquoi nous avons élu, pour nos expériences, le nerf optique plutôt que tout autre. Un jour, peut-être nos successeurs parviendront-ils à créer l'œil complet, l'œil que les vibrations les plus lentes et les plus précipitées pourront impressionner, l'œil qui verra les rayons infra-rouges comme les rayons ultra-violets, la chaleur comme l'électricité – l'œil enfin qui donnera du monde la vision intégrale. Et alors il n'y aura plus lieu de distinguer la lumière visible et la lumière invisible. Il n'y aura plus que LA LUMIÈRE. Quelle beauté ! Quand je vous aurai dit que, grâce à vous, le premier pas vient d'être fait dans cette voie éblouissante, quand j'aurai ajouté que la Science actuelle tend à considérer l'électricité comme étant la *matière même*, le principe de tout, Lebris, ne serez-vous pas fier de votre mission ?

« – Vous auriez dû me prévenir, bougonnai-je. Je suis un soldat prisonnier ; vous m'avez traité comme un esclave. D'ailleurs, je ne vois presque rien.

« – Vous verrez de mieux en mieux. Ayez de la patience. Décrivez-moi cependant... je vais prendre des notes.

« – C'est inutile, je ne vois rien, dis-je fermement.

« – Comment ! Qu'est-ce qui vous prend, Lebris ?...

« – Je ne vois rien, répétai-je. Vous vous êtes trompé, mon cher. Vous avez abusé indignement de mon malheur et de ma situation. Je vous considère comme des canailles, vous et vos complices. On ne traite pas ainsi un homme libre, un citoyen français. Peine perdue ! Vous ne saurez rien. Ah ! ces messieurs font des expériences sur leurs semblables ! Eh bien, sachez-le : je ne parlerai pas plus que le pauvre chien que vous auriez ficelé sur une planche et truqué à coups de bistouri. Je ne vois rien, vous dis-je !

« – Mais, Lebris, vous êtes fou ! Mon ami ! Allons ! Nous vous associons à nos nobles travaux, et...

« – Assez ! Assez d'hypocrisie ! Laissez-moi mes *yeux-électroscopes* ou enlevez-les-moi, mais je vous enjoins d'avoir à me diriger immédiatement sur un camp de prisonniers français. Tout ce qui se passe ici viole le droit des gens !

« – Nenni, nenni, prononça le docteur avec un calme irritant. Vous ne nous quitterez pas de la sorte. Vous ne nous quitterez jamais...

« – Plaît-il ?

« – Nous avons besoin de vous. J'espérais que vous seriez assez intelligent pour mettre l'amour de la Science au-dessus de tout. J'espérais que la joie de n'être plus aveugle, au sens propre du terme, et aussi l'enivrement de spectacles nouveaux, compenseraient pour vous l'ennui d'une existence sédentaire...

« – Je ne dirai jamais rien de ce que je verrai ! clamai-je.

« – Si. Au bout de quelque temps.

« – Vous pourrez me torturer...

« – Ah ! fi, Lebris ! Pour qui me prenez-vous ! On vous traitera toujours avec les égards qui sont dus à votre remarquable propriété...

« – Mais enfin, vous aurez certainement d'autres sujets que moi, dans le même cas !

« – Peut-être bien. Nous n'en aurons jamais assez... Voyons, Lebris, pas de nerfs ! pas de nerfs !... Apprenez que vous êtes mort pour tout le monde. Madame votre mère sait – ou saura bientôt – que son fils a donné sa vie pour son pays. Il y avait du désordre à l'ambulance ; un infirmier s'est trompé d'étiquette... Vous qui chérissez la tranquillité, vous serez très heureux avec nous !

« Je tremblais de colère.

« – Sale Boche ! Sale Boche ! Tu ne sauras rien !

« L'autre se mit à rire, ce qui donnait à sa nervure un aspect dansant et macabre.

« – Mais je ne suis pas boche ! se récriait-il. Ah ! voici qui est intéressant. Notons-le.

« Ce qui était « intéressant », c'est que les électroscopes ne m'empêchaient pas de pleurer. »

## VI

## L'ÉVASION DE L'HOMME TRUQUÉ

Pendant que Jean Lebris me racontait sa prodigieuse aventure, la nuit s'était épaissie et, la tension électrique s'étant maintenue, les yeux du conteur faisaient dans les ténèbres fluidiques deux clartés froides et sans rayonnement.

— Votre mère va s'inquiéter, lui dis-je. Partons. L'obscurité affaiblit-elle votre vision ?

— Du tout ! Le jour et la nuit ne sont plus pour moi qu'une nuance assez inexprimable... Vous venez ?

Ce fut lui qui me guida ; car, avec mes yeux faits pour la lumière visible, je n'y voyais goutte.

— Alors, dis-je, vous m'avez joué la comédie, mon petit Jean, lorsque vous tâtonniez...

— Oh ! oui et non. Dans certaines conditions atmosphériques, je suis loin d'être aussi perspicace que ce soir ! Un temps sec est, pour moi, un temps sombre, et le brouillard favorise singulièrement ma perception. Mais, je le confesse : j'ai parfois dissimulé... Laissons cela, dit-il non sans confusion. Je reprends le fil de mon histoire. Tout en marchant, voulez-vous ?

Si je voulais !

— J'en étais resté à cet accès de chagrin rageur... Pour refouler mes larmes, je tournais furieusement mes poings dans mes maudits yeux et je les y enfonçais sans aucune précaution ; si bien que Prosope m'avertit de mon imprudence. À me frotter de la sorte, je risquais de compromettre son œuvre. L'opération était trop récente... Il disait vrai. Mes frictions inconsidérées avaient dérangé je ne sais quoi, déréglé quelque minutieuse concordance. Maintenant, au lieu d'un seul Prosope spectral, j'en apercevais deux qui se « chevauchaient ». Mes électroscopes s'étaient mis à loucher !

« Cet incident refroidit mon exaltation, et je pris conscience du bonheur relatif dont j'étais le bénéficiaire contraint et forcé. L'idée de perdre cette espèce de deuxième vue, cette faculté de remplacement, me fut pénible. Mais le sentiment de ma dignité me retint d'avertir Prosope de ce qui venait de se produire, et de lui demander ses soins. J'espérai que le strabisme se dissiperait – ce qui arriva fort heureusement. Quelques heures plus tard, la conjugaison des deux électroscopes s'était rétablie d'elle-même.

« Prosope, de guerre lasse, m'ayant abandonné à ma mauvaise humeur, je pus à loisir contempler le nouveau visage que m'offrait le vieux monde. À ce moment, en comparaison avec ce qui se montre à moi aujourd'hui, je découvrais réellement peu de chose, et mal. Car, il faut que vous le sachiez : depuis leur insertion dans mes orbites, depuis leur incorporation à mon organisme, mes yeux scientifiques n'ont cessé d'acquérir plus de pénétration. Ainsi, ce soir-là, le fond de la scène était encore obscur. Cela ressemblait un peu à une illumination nocturne, pour une fête, quand les maisons dessinent des traits de feu sur la nuit et qu'on n'aperçoit de leur masse qu'une lueur... Et puis, je n'avais pas encore acquis le sens de la perspective, la notion de profondeur. Les lignes me semblaient toutes à la même distance, situées dans un seul plan vertical, tracées – je le répète – comme sur un tableau noir ; et, comme le nouvel aspect des choses en faisait pour moi des choses nouvelles, parfois méconnaissables, je ne discernais d'abord que leur grandeur ou leur petitesse apparentes, sans pouvoir conclure à leur inégalité réelle ou à leur éloignement respectif.

« Mais, si réduit que fût encore pour moi le monde électrique, il n'en constituait pas moins un spectacle lumineux obligatoire. Je n'avais pas le moyen de m'en river en abaissant sur lui mes paupières, que traversaient les radiations électromagnétiques ! J'étais condamné à voir sans cesse devant moi ces feux inexorables, ondés d'assombrissements et d'éclats qui en rendaient la perception des plus fatigantes. Autrement dit, j'étais condamné à ne plus dormir ! Et c'est par là que ce diable de Prosope eut raison de mon entêtement. Il me vainquit par le sommeil.

« Après trois jours d'insomnie, la fantasmagorie des lumières ayant peut-être triplé, Prosope me vendit, contre la promesse de parler, une paire de lunettes compactes. Elles étaient faites d'une superposition de divers isolants qui, chacun remplissant sa tâche, interceptaient finalement toutes les radiations. Je dormis d'abord. Puis, loyal, je parlai.

« Plus de noir, maintenant. Un éclairage général. Un éclairage dégradé, avec des zones tour à tour ardentes ou crépusculaires. Une luminosité universelle, éternellement ondulée ou frissonnante, dont la couleur passait du bleu le plus aigu au rouge le plus acide, par l'intermédiaire de tous les violets imaginables. À la vérité, le violet régnait presque uniquement ; mais le rouge dominait dans le ciel, et le bleu sur la terre. Il y avait entre eux un perpétuel échange, un va-etvient d'effluves ; et dans l'espace c'était une propagation continuelle de rides immenses qui se coupaient et s'entrecoupaient infatigablement, tandis que des halos gigantesques y faisaient des taches sans limite, frémissantes de vibrations centrifuges. Le noyau de l'un d'eux m'apparaissait au-dessous de l'horizon, à travers l'épaisseur translucide du globe terrestre, comme un foyer de saphir en ignition ; et mes électroscopes avaient une tendance extraordinaire à se tourner vers lui.

« – C'est le Pôle magnétique, me dit Prosope ; et les autres halos, ce sont des champs électromagnétiques. Mais sous vos pieds, Lebris, qu'est-ce qu'il y a ?

« – Les étages de la maison : des plans à peine teintés, des lames de brouillard violet. Quelqu'un est couché dans la chambre au-dessous...

« – Mais plus bas, la terre, la planète...

« – Un abîme où tremblent des brumes, où des points plus denses mettent des lumières plus vives... La surface, surtout, condense le fluide.

« – Sans doute. Et autour de nous ? La forêt...

« – Une mousse pâle, couleur fleur de pêcher, presque insaisissable... Ah ! la mousse s'allume, pétille, s'agite, s'affirme... C'est le vent qui s'élève, n'est-ce pas ? Tout flamboie doucement. Des panaches phosphorescents se poursuivent le long des murailles. L'air lui-même s'emplit de traînées. Je vois le vent !

« – Et quand je bouge, moi ?

« – Tout ce qui bouge s'entoure d'une flamme éphémère, et laisse un court sillage déchiqueté, une frange de lueurs...

« – En face de nous...

« – Je vois un pavillon. Transparence lilas. Les angles, les arêtes sont beaucoup plus accentuées que tout le reste. D'admirables aigrettes azurées s'échappent des pignons pointus, et le paratonnerre lance une gerbe inépuisable d'étincelles bleutées... Tout ce bleu et tout ce rouge passent leur temps à se fondre en violet, et le violet s'emploie constamment à se dissocier en rouge et en bleu. C'est ce qui produit ces fluctuations sempiternelles... Eh ! que faites-vous ? Vos cheveux s'embrasent !

« – J'y passais la main, tout simplement.

« Une autre fois, Bare, je vous décrirai tout ce que j'ai décrit à Prosope et toutes les observations qu'il a faites par mon intermédiaire. Je vous dirai les diverses transparences des corps, proportionnelles à leur conductibilité ; comment certains métaux sont pour moi cristallins, alors que le verre le plus mince est souvent presque opaque, si bien que parfois je distingue mieux les aiguilles de ma montre à travers tout le mécanisme qu'à travers le verre !... Je vous dirai l'auréole électromagnétique dont nous sommes nimbés, comme si chacun de nous n'était, dans son être tangible, que le noyau d'un champ de radiations, en sorte qu'à tout moment nos êtres se confondent ou s'influencent. Je vous dirai... Mais voici que nous approchons de Belvoux, et je voudrais vous faire le récit de mon évasion. Il y a un mois, tenez, jour pour jour...

« J'étais accablé de tristesse. Ma réclusion ressemblait à la mort, et j'avais perdu tout espoir de reprendre ma place parmi les vivants. La maison où j'étais détenu se trouve au milieu d'une vaste solitude. Je savais depuis longtemps que la plupart de ses occupants n'en sortaient jamais. Figurez-vous être dans un château de cristal – d'un cristal plus ou moins coloré d'améthyste ; c'est à peu près cela. Le moindre phénomène électrique impressionnait ma vue à travers les parois ; or, tout objet contient sa dose d'électricité, toute action engendre un courant ; cela me permit d'entrevoir périodiquement une automobile qui arrivait et repartait, assurant la liaison entre le château solitaire et une agglomération de points lumineux que j'estimai fort lointains (car j'avais acquis la notion de distance). L'auto pénétrait au cœur des bâtiments par le chemin d'un couloir bordé de hautes murailles qui, se continuant tout autour du domaine, lui faisaient une enceinte infranchissable, doublée, à l'extérieur, de fossés remplis d'eau. C'est, du moins, ce que je parvins à inférer, après bien des contemplations et des recherches, du haut de ma cellule ou pendant les promenades hygiéniques que Prosope me faisait faire dans les cours de sa forteresse.

« Impossible d'échapper à la surveillance de mes gardiens. Impossible de forcer les serrures de ma porte. Sauter par la fenêtre eut été se suicider. Je savais de ma prison tout ce que mes sens pouvaient m'en apprendre. Et rien ne me faisait espérer le salut. Mon serviteur restait muet. Les autres m'étaient étrangers. Une nuit, alors que l'immobilité de chacun facilitait la besogne, j'avais dénombré les hôtes du lieu. Nous étions trente, que je crois pouvoir décompter ainsi : douze malades ou patients, huit médecins ou ingénieurs, et dix domestiques, infirmiers et ouvriers électriciens. Le silence n'était troublé que par le bourdonnement sourd des dynamos. Logées au sous-sol, elles produisaient des fulgurances qui m'éblouissaient comme des soleils d'artifice. Elles envoyaient le fluide se comprimer dans des accumulateurs resplendissants ; elles le lançaient au loin dans le rayonnement arachnéen des circuits ; et, le soir, à l'heure des lampes, les fils conducteurs bâtissaient autour de moi l'édifice paradoxal de leurs fines incandescences... »

– Pardonnez-moi, Jean, si je vous interromps, mais dites : une lampe électrique allumée vous apparaît-elle, à vous, plus lumineuse ou moins lumineuse qu'un fil où passe un courant invisible à nos yeux ?

– Rappelez-vous ce que je vous ai dit du jour et de la nuit. Ce ne sont que nuances... Je poursuis :

« Un matin du mois dernier, le silence ordinaire fut troublé par la rumeur insolite d'une altercation, et je distinguai, dans la chambre voisine de la mienne, deux formes humaines face à face. La grande : Prosope. La petite, au cervelet inégalement développé : mon serviteur attitré. Les deux hommes s'invectivaient. Il fallait que la cloison fût un étouffoir excellent, car, malgré le peu d'espace qui nous séparait, je ne pus saisir que de confuses apostrophes. À leurs gestes, à leur attitude, aux flamboiements qui parcouraient leurs nerfs, je connus toutefois la violence de la querelle. Et le cœur du petit homme battait avec une précipitation caractéristique.

« Prosope, beaucoup plus calme cependant, le frappa d'un coup de poing au visage et l'abattit par terre. Je vis le menu spectre se relever et sortir de la chambre, tête basse, mais en chatoyant de telle sorte qu'il semblait hérissé de lumière.

« C'était l'heure du lunch. Bientôt, le serviteur ouvrit les serrures de ma porte et disposa sur la table, avec son habituelle méticulosité, les éléments de mon repas.

« Bien souvent, mais en vain, je lui avais adressé la parole. Cette fois il me répondit, et que je sois damné si jamais quelqu'un baragouina le français d'une manière plus chinoise ! Je n'essaierai pas de l'imiter. Il était furibond. Sachant trouver en moi un auditeur complaisant et discret, il épanchait sa rancune en accablant Prosope des pires insultes. Le motif de leur dissentiment était futile. Mais je jugeai l'occasion propice. Sans ambages, je lui proposai de fuir avec moi. Il m'opposa seulement que lui aussi était prisonnier de Prosope.

« – N'as-tu pas les clefs de la maison ?

« – Qu'est-ce que les clefs ? Rien. Pour sortir d'ici – je traduis son invraisemblable galimatias – il n'y a de praticable que le grand couloir entre les murailles. Franchir la grille qui le ferme, qu'est-ce ? Rien. Mais les pavés du couloir ne sont pas tous des pavés ! Certains sont des plots électriques, dissimulés parmi les carreaux du dallage. Qui les toucherait du pied tomberait foudroyé !

« Ainsi s'expliquait une singularité qui m'intriguait fort. Je regardai là-bas, avec un sourire, le dallage du couloir, la marqueterie sournoise où les plots, cachés à tous les yeux, encastraient pour les miens des luminescences éparses, aussi évitables que des plaques d'or.

« – Il n'y a qu'une grille au bout du couloir, remarquai-je.

« – Oui, à l'entrée du pont. Un enfant passerait par-dessus. Mais le cou-loir !... On interrompt le courant lorsque l'automobile entre ou sort ; mais, ces jours-là, le docteur fait bonne garde !

« – Nous partirons cette nuit, décidai-je.

« – Et les plots ?...

« – J'en fais mon affaire. Viens me chercher quand tout le monde dormi-ra. Je te conduirai jusqu'à la grille. Ensuite...

« Mais le supposé Chinois, comblé de stupeur et de vénération, m'embrassait les mains.

« – Où sommes-nous ici ? lui demandai-je en me dégageant.

« – Seigneur, me répondit-il, ne m'interroge pas. Où nous sommes, cela, j'ai juré de ne pas le dire... Quant à m'évader, c'est autre chose. Je suis à tes ordres. Je te mènerai à la ville qui est par là. J'ai de l'argent. Si tu veux, je t'accompagnerai jusqu'au bord de ton pays. Fais-moi traverser le couloir, et moi je fais serment de te remettre aux mains de tes compatriotes. Là, je te quitterai. N'exige rien de plus. J'ai juré.

« Nul épisode n'accidenta notre fuite nocturne. Le petit Asiatique avait une incomparable dextérité pour manipuler sans bruit les serrures. Le château, feutré comme un cabinet de dentiste, jouissait d'un étrange pouvoir assourdis-sant. Prosope, sûr de ses domestiques, dormait profondément (je le voyais dans sa chambre !) Pas de chien de garde ; pas de veilleur. Enfin, il tombait une petite pluie que j'étais fort éloigné de maudire, les choses m'apparaissant avec beaucoup plus de netteté lorsqu'elles sont humides. Le couloir parcouru sans encombre, la grille escaladée, nous marchâmes durant cinq heures vers l'agglomération de points lumineux que j'avais déjà repérée. C'était la ville. Mon compagnon me dit :

« – Si nous pouvons prendre un train au lever du soleil, ce sera bon. Et il ajouta dans un rire exotique : Les docteurs vont dormir très longtemps derrière nous ; au moins jusqu'à demain soir... J'avais aussi les clefs de la pharmacie.

« C'est le ciel qui m'a envoyé ce petit démon ! » pensai-je. Il n'a voulu me dire ni son nom, ni sa patrie ; je n'appris rien de lui sur les docteurs mystérieux... Il était aussi secret que débrouillard. Nous nous hâtions. La nuit s'écoulait. Je suivais des yeux, à travers la masse diaphane de notre sphère, la progression du soleil. Il était pour moi, derrière ce brouillard bleu et parmi les astres, comme un disque zinzolin, foyer d'une formidable irradiation.

« Quand il dépassa l'horizon, nous étions empilés dans un étroit compartiment de chemin de fer, avec force voyageurs dont le langage inintelligible ne m'apprenait pas la nationalité.

« À quoi bon vous énumérer les fatigues et les péripéties de cette traversée européenne ?... Vers le soir, à l'heure où s'éveillait sans doute, dans son château-clinique, celui que j'appelle Prosope, nous entrâmes dans les pays de langue allemande. Questionner les gens, moi qui ne savais que quelques mots tudesques, c'eût été me faire remarquer et chagriner mon sauveur, qui m'avait demandé de ne rien dire et de ne pas chercher à savoir. Je me bornai donc, comme je l'avais fait jusque-là, à retenir des noms, à noter des configurations de montagnes ou des structures de monument, pour les rechercher par la suite. Mais, bast ! pour quoi faire ?... Au matin, le mot « Regensburg » frappa mon oreille. Nous nous trouvions alors dans un express qui longeait un fleuve vaste comme un détroit. J'entendis encore « Nuremberg », « Carlsruhe »... Au pont de Kehl, malgré tous mes efforts, l'Asiatique s'esquiva. Je passai le Rhin à la faveur d'un convoi de camions chargés de matériel livré aux Alliés.

« Ce furent alors toutes sortes de visites médicales et d'interrogatoires militaires, dont je sortis en mêlant beaucoup de mensonges à peu de vérités... Vous savez le reste. Officiellement, mon aventure est classée. Je veux croire qu'elle est réellement terminée ; mais il me semble prudent d'avoir toujours un revolver sur moi ; et je vous avoue, mon cher Bare, que tout à l'heure votre présence subreptice, derrière le buisson, m'a donné la venette... »

Jean se tut et s'arrêta. Nous étions arrivés. Au fond du jardinet, qu'elle éclairait de ses fenêtres ouvertes, la maison Lebris s'élevait dans la nuit.

– Il est très tard ! dis-je.

– Oui, répondit Jean qui me montra du bout de sa canne, dans le gazon, un point, puis un autre. Le soleil est là, tenez !... Et la Croix du Sud là ! Je suis bien le premier qui l'ait vue sans quitter l'hémisphère boréal !

*Il mit alors, les ayant tirées de sa poche, les fameuses lunettes du docteur Prosope, qui, épousant les parages de ses yeux (comme des lunettes d'automobiliste), éclipsèrent complètement toute phosphorescence. On pouvait les prendre, ces lunettes opaques, pour des besicles de verre fumé ; et rien n'empêchait de croire que Jean devait les porter de temps en temps, pour suivre les prescriptions d'un oculiste.*

*– À présent, il faut me guider, fit-il. Je suis aveugle !*

*Je dirigeai ses pas. Nous montâmes l'escalier. Mais, quand il fut chez lui, je restai quelque temps, une main sur la rampe, cherchant avec une fièvre enfantine quel prétexte inventer qui me permît de grimper au deuxième étage et de revoir M<sup>lle</sup> Grive, ne fût-ce qu'un instant. Mon cœur battait si fort que je l'entendais. Un bruit de voix, là-haut, me rendit heureux comme un collégien...*

*Tout à coup, je songeai que l'aveugle extraordinaire me regardait peut-être, à travers les murs ; et je me retirai, méditant au prodige qu'il m'avait révélé.*

*VII*

*GYMKHANA*

C'est la première fois que je m'avise d'écrire un récit. Je viens de relire ce qui précède, et je reste confondu d'avoir si mal exécuté ma tâche. Je voulais composer une relation simple et brève, photographique. Malgré moi, je me suis étendu complaisamment tantôt sur mes amours, tantôt sur le prodige du sixième sens. Pourtant, je ne dois ouvrir mon cœur qu'autant que l'exige la clarté de l'histoire, et ce n'est pas ici qu'il convient de parler des *courants de Foucault*, de *self-induction* et *d'hystérésis* ; car mon mémoire technique contient là-dessus tout ce que Jean Lebris a pu me faire connaître par le secours de ses yeux-électroscopes.

Je m'efforcerai dorénavant de serrer de plus près ma ligne de direction.

Les semaines qui suivirent la confession de Jean Lebris m'ont laissé le souvenir d'une période singulièrement ardente et pleine. Amour, amitié, dévouement au malade, curiosité scientifique, j'avais plus d'une raison pour m'associer à l'existence de mes voisins. Aussi, en quelques jours, étions-nous devenus inséparables. Mais je me rappelle combien il m'était difficile de répartir également mes assiduités et de cacher sous l'apparence d'une galanterie banale les hommages d'une passion sans cesse grandissante.

M^me Fontan et M^me Lebris, s'étant prises d'affection, ne se quittaient guère. Fanny, libre de toute contrainte, avide de mouvement comme de charité, toujours prête au bien et au plaisir, partageait son temps entre l'aveugle, le sport et les parties que nous organisions.

Cependant, toutes les portes s'ouvrirent devant sa grâce, sa belle humeur et son infortune ; de nombreuses invitations ne tardèrent pas à l'assaillir. Elle y céda.

Or, il faut savoir qu'en été l'humble Belvoux devient un endroit fort mondain, à cause des maisons de campagne et des châteaux qui l'avoisinent. Le dimanche, la sortie de la messe rassemble toutes sortes d'élégances, et la file des autos s'allonge jusque sur le Cours. Moi-même, assez sportif et loin de mépriser les joies du siècle, j'ai toujours fréquenté sans ennui tout ce beau monde, où je

54

tiens ma petite place de médecin scrupuleux, capable de faire figure à une table de bridge ou devant un filet de tennis.

M<sup>lle</sup> Grive fit sensation. C'était à qui la convierait.

Je ne m'en plaignais pas. La plupart du temps, M<sup>me</sup> Fontan demeurait au logis en l'absence de sa nièce ; si bien que Fanny Grive et moi nous trouvions seuls parmi les réunions, et qu'il en résultait une sorte d'intimité dont la sensation m'était des plus douces.

Quant à Jean Lebris, inutile de dire qu'il fuyait comme la peste toute occasion de démentir sa sauvagerie. Pour l'apprivoiser au profit de la charmante réfugiée, il n'avait fallu rien de moins que l'irrésistible séduction de Fanny, sa bonté serviable, son entrain communicatif, ce bongarçonnisme si exquis dans une jeune fille douée d'un pareil éclat. Il aimait la voix de sa lectrice, la gentillesse prévenante de son guide ; mais, infirme et farouche, il repoussait toujours nos instances quand nous parlions de le conduire à quelque petite fête.

Malgré toute la violence de l'amour qui m'envahissait, Jean Lebris tenait une grande place dans ma vie. Je le soignais de tout mon cœur et de tout mon savoir, et sa gratitude se manifestait par la complaisance avec laquelle il se prêtait à mes études expérimentales.

Comme on le verra dans mon mémoire, j'employais Jean Lebris à plusieurs fins, que voici :

Je me servais de son intermédiaire pour observer visuellement, l'un après l'autre, les phénomènes électromagnétiques. Mes études antérieures n'avaient pas fait de moi un spécialiste de l'électricité, mais je me procurai les ouvrages les plus récents, je fis l'emplette de plusieurs appareils ; sous couleur de m'instruire, j'obtins l'autorisation d'approcher, avec Jean Lebris, les dynamos et les transformateurs de l'usine pour la captation de la force hydraulique de la Saône. Enfin, le souvenir aidant, nous pûmes reproduire, à quelques-unes près, les expériences mêmes du docteur Prosope.

La collaboration de Jean ne m'était pas moins précieuse dans l'exercice de ma profession. Placé dans la chambre voisine de mon cabinet de consultations, il distinguait, par-delà le mur, le système nerveux de certains malades que je trouvais bon de soumettre à cet examen électroscopique ; et plus d'un guérit, grâce aux indications qui me furent données de la sorte.

Je n'aurai garde, enfin, d'omettre les expériences psychophysiologiques auxquelles j'employai cet admirable spectateur du fonctionnement de l'âme. Mais ici les résultats furent médiocres, le mécanisme étant tout à fait inconnu, très délicat et compliqué. Pour mieux réussir, pour vaincre la rapidité et la petitesse des phénomènes, il aurait fallu posséder quelque instrument qui fût, pour les électroscopes de Jean Lebris, ce que sont, pour nos yeux, les verres grossissants.

Malheureusement, force m'était de borner mes travaux à l'utilisation de l'œil scientifique, sans pouvoir les étendre à l'étude captivante de cet œil lui-même. Sur ce point, Jean se montra toujours irréductible, s'insurgeant contre toute tentative d'investigation. « Quand je serai mort ! » répétait-il. « Quand je serai mort, vous aurez toute latitude... »

Cette phrase m'était si pénible, que je finis par ne plus insister. D'ailleurs, les yeux artificiels étaient difficilement accessibles... Il y avait bien un moyen... Mais j'en parlerai tout à l'heure.


Ainsi, l'esprit heureux et le cœur enfiévré d'espoir, je vécus des semaines intenses, oubliant parfois, dans mon égoïsme, que les jours de Jean Lebris étaient comptés, l'oubliant avec d'autant plus d'aisance que la vie lui était aimable et que son mince visage s'éclairait d'un bonheur que rien ne paraissait troubler, ni l'approche du terme inexorable, ni la privation de la vraie vue, ni l'existence menaçante du terrible Prosope.

Celui-ci, du reste, ne rappelait nullement qu'il existât. Une surveillance attentive, voire soupçonneuse, ne me procurait aucun indice du plus faible danger. Les docteurs mystérieux, rebutés par les difficultés de l'entreprise, ou confiants peut-être dans le mutisme de Jean, semblaient avoir pris leur parti de sa fuite. Par ailleurs, nos précautions ne se relâchaient pas, en ce sens que Jean, toujours armé, ne sortait plus jamais seul, et que, pour être devenue une habitude, ma vigilance n'en restait pas moins policière.


Jusqu'au gymkhana du baron d'Arcet, nul événement digne de mémoire ne se produisit. Encore l'épisode que je vais retracer fut-il un événement sentimental, qui me resta personnel et passa inaperçu.


Si Dieu existe, Dieu m'est témoin, Fanny, que je n'avais pas l'intention de vous déclarer mon amour ce jour-là plus qu'un autre.

Oh ! je sentais bien que le moment approchait. Je sentais bien que tout m'encourageait à vous aimer : vos regards contents, vos sourires amis, des joies, des déceptions que je voyais passer sur votre front..., mille choses, mille riens.

*Tout !... Mais cela même était si bon !... Et puis, au fond, oui : j'avais peur. À mon âge, on sait déjà tant de pauvres histoires..., on a déjà vu tant d'amoureux s'égarer cruellement !*

*Il y eut ce gymkhana dans ma destinée.*

*Vous rappelez-vous comme il faisait beau ? C'était le dimanche 1ᵉʳ septembre. Toute la population de Belvoux s'était portée vers le château d'Arcet. Les trois kilomètres de route étaient peuplés de marcheurs. Vous étiez venue dans la limousine des La Hellerie ; je vous avais dépassés, sur ma torpédo, à la hauteur de Chaufour...*

*Et le « clou » du gymkhana, le concours d'autos, Fanny, vous en souvenez-vous ?*

*Nous étions sept concurrents, chacun accompagné d'une jeune fille. J'étais sûr, d'avance, que vous déclineriez les offres des six autres, pour venir vous asseoir auprès de moi, derrière le pare-brise de ma torpédo. Quelle joie vous m'avez faite, pourtant, en répondant à ma certitude !*

*Nous étions sept, qui devions lutter de lenteur, jouter d'adresse à travers un labyrinthe de quilles, nous tenir en équilibre sur un pont basculant comme une balançoire, dessiner des chiffres en marche arrière, courir à la montre sur cent mètres de route dix fois parcourus dans un sens et dans l'autre...*

*Je vois encore la noble esplanade du château. J'entends les acclamations qui saluaient mes modestes victoires... On nous couvrit de fleurs... En regagnant le parc des voitures, je comprenais que la sympathie publique nous enveloppait tous deux, nous associait. Je lisais sur les physionomies une pensée unanime. On disait : « Le beau couple ! » sur notre passage. Un enthousiasme sagace nous fiançait... Vous étiez divinement jolie ; vous aviez le teint animé, l'œil vif. Vous laissiez voir tout le plaisir que vous preniez à ce petit triomphe. Il s'y mêlait un peu d'énervement, le tournoi sportif ayant eu ses vertiges, ses crispations, ses transes... Il me semblait que j'avais gagné deux prix au lieu d'un !*

*Nos amis, gentiment complices, affectueux et rieurs, nous forcèrent à revenir ensemble dans ma torpédo garnie de roses. Une conspiration spontanée s'était ourdie. On aurait juré que notre destin venait d'apparaître à tous, et que chacun voulait contribuer à son avènement.*

*Nous glissions doucement sur la route ombragée. Le pare-brise, dans son cadre enguirlandé, me renvoyait votre image assombrie. Sous prétexte d'éviter la poussière des autres voitures, je pris un chemin détourné. Quelqu'un m'a dit* qu'on nous voyait, de loin, fuir à travers les champs comme un buisson échappé d'une roseraie. Bientôt on ne nous vit plus.

Alors je pris votre main nue, et, comme vous la laissiez dans la mienne, je la portai jusqu'à mes lèvres... où je n'eus pas besoin de l'appuyer.

Vous m'aimiez !... Ah ! il y avait un Dieu, ce jour-là !

Vous m'avez regardé. Je frissonnai. Notre silence valut un serment.

Quelques minutes après, je vous disais :

— Voulez-vous : nous nous marierons le mois prochain ?

Réveillée brusquement, vous vous êtes écriée :

— Oh !... Non. Nous ne pouvons pas...

Je m'étonnai :

— Pourquoi ?... Nous sommes libres. À quoi bon retarder ?... Et puis, voyez-vous, je voudrais tant que Jean Lebris fût encore là !

— Jean Lebris ! fîtes-vous. Mais... précisément... c'est à cause de lui...

Vous me considériez d'un air surpris, et moi je vous interrogeais d'un regard effaré.

— Je crois... Je crois qu'il ne faut rien lui dire, murmuriez-vous, les yeux baissés.

La foudre tombait sur moi. J'ai dû pâlir affreusement. Vous m'avez ressaisi la main, disant :

— Ami, soyez bon jusqu'à la fin. Je pensais que vous aviez vu... Le pauvre garçon serait si malheureux !... Oh ! n'allez pas supposer qu'il m'ait avoué... Non ! Mais j'ai bien compris. Et pouvais-je lui briser le cœur ? Pouvais-je le faire souffrir, lui qui va bientôt nous quitter ?... Hélas ! ami, vous-même, tout à l'heure, vous craigniez que Jean Lebris ne fût plus là dans deux mois, pour assister à notre mariage. Alors, il faut attendre, n'est-ce pas ?

– Oui, répondis-je. Nous attendrons. Cela est bien. Cela est juste. Vous êtes la meilleure... Pardonnez-moi, je ne savais rien, je ne suis qu'un niais... Je vous admire. Je vous aime.

– Je vous aime aussi, me dîtes-vous lentement.

Le sang revenait à ma face.

Nous rentrâmes, la main dans la main. À tout instant, je vous regardais comme on respire une fleur. Les roses, dont vous étiez, parfumaient notre tête-à-tête. Quelques-unes, au vent de l'auto, s'effeuillaient derrière nous.

## VIII

## RADIOGRAPHIE

J'étais hargneux et triste. Et j'étais dépité. Ainsi, dès mes débuts dans le rôle d'amoureux, j'avais éprouvé l'aveuglement traditionnel ! Jean aimait Fanny, et moi qui vivais auprès d'eux, je n'avais rien deviné !... Mais, vraiment, était-ce possible ? Après tout, si Fanny se trompait ? Elle avait pu se méprendre à la douceur de Jean. Ce garçon timide était tendre, caressant ; son amitié, ses inclinations les plus platoniques se traduisaient en prévenances qu'une jeune fille adulée pouvait croire inspirées par d'autres sentiments...

J'interrogeai mes souvenirs, j'étudiai le passé comme un juge d'instruction ; et alors une multitude de faits se dressèrent...

Pendant quelques jours, j'épiai les façons d'être de l'aveugle et même – honteusement – celles de Fanny...

Elle avait raison. Il fallait attendre. Il fallait se taire.

« Après ma mort » ! Maintenant, la sinistre parole de Jean Lebris avait un double sens. L'échéance du terme funèbre me permettrait à la fois de connaître le secret de Prosope et d'épouser Fanny Grive. Un étrange hasard accumulait d'avance les consolations autour de la mort de mon ami Jean.

On ne doutera point qu'à dater de cette découverte, je mis un acharnement sans pareil à prolonger sa vie jusqu'à l'extrême limite. Dieu merci ! je n'ai rien à me reprocher là-dessus ! Et si aujourd'hui je suis tourmenté par quelque remords, ce n'est pas d'avoir failli à ma tâche la plus sacrée...

C'est seulement de n'avoir pas toujours résisté au besoin de les séparer, elle et lui.

Parfois, en effet, une inquiétude intolérable me saisissait. Malgré toutes les preuves de tendresse que Fanny me prodiguait à la dérobée, je nourrissais les sourdes angoisses de la jalousie. Je me prenais à redouter la beauté diaphane de Jean, sa jeunesse touchante, la délicatesse nuancée de son âme sensible, l'attrait tout-puissant de la pitié, la contagion de l'amour et jusqu'à cette ardeur qui est le propre des phtisiques. Les savoir ensemble m'exaspérait ; mais, par ailleurs, je répugnais maintenant à me mettre en tiers dans leurs entretiens. Car la vue des jeunes gens côte à côte m'irritait comme un sarcasme, et, bien que je possède à l'ordinaire le gouvernement de mes attitudes, bien que mon visage ait coutume de m'obéir, je craignais que Jean Lebris ne s'aperçût de mon trouble, lui qui voyait les émotions embraser nos nerfs comme chacun les voit embraser nos fronts. Enfin, je supportais mal que ma fiancée fût exposée aux indiscrétions des yeux scientifiques.

Il s'ensuivit que je multipliai les occasions de me trouver seul à seul avec Fanny, et que j'entraînai Jean Lebris dans une suite précipitée d'expériences qui l'obligèrent à de fréquents séjours sous mon toit. La Science y gagna nombre d'observations sur les courants alternatifs, l'induction et la localisation des centres intellectuels ; mais Jean Lebris, je dois le dire, se prêtait d'assez mauvaise grâce à des exigences qui le privaient si souvent du plaisir de Fanny. Protestait-il, j'en appelais alors au patriotisme, je montrais chacune de nos acquisitions comme un enrichissement national ; il faiblissait en bougonnant, se rendait sans joie, et nous reprenions des travaux que bornait seulement le soin de sa santé.

Celle-ci, vers la fin de septembre, m'inspira de vives alarmes. Il fallut espacer les expériences, devenues d'autant plus fatigantes que la finesse du sixième sens ne cessait de s'accroître. D'autre part, après une sérieuse auscultation, il me parut indispensable de radiographier mon malade.

Jean Lebris, en dépit de mes objurgations, s'y était refusé jusque-là, niant que cela dût servir à autre chose qu'à me faire apercevoir la structure des yeux-électroscopes. « Je vous vois venir ! me disait-il. Mais votre ruse est cousue de fil blanc. Vous savez ce que vous m'avez promis ?... Si je commence à me laisser faire, après cette séance-là vous m'en imposerez une autre, et je tournerai à la bête de laboratoire ! »

Je lui remontrai fort énergiquement qu'il n'y avait plus à tergiverser, que je n'avais plus le droit de m'arrêter à des caprices et qu'il fallait se laisser radiographier, sous peine des suites les plus graves. J'ajoutai, sur l'honneur, que la curiosité scientifique n'entrait pour rien dans mes raisons, et que, si mesquin qu'il se montrât dans sa défiance, je la respecterais toutefois, lui jurant que, pour peu qu'il le désirât, je limiterais la radioscopie à l'examen des poumons, pour ne la répéter qu'en cas de nécessité absolue.

— Il y va de la vie, continuai-je.

Jean rectifia :

– Il y va de quelques semaines de plus ou de moins... Oh ! ne croyez pas que la vie me pèse au point que sa durée me soit indifférente ! La vie est belle. Et je ne l'ai jamais trouvée plus délicieuse qu'à présent...

Il poursuivit avec gravité, comme dans un rêve :

– Depuis quelque temps, oui, c'est pour moi une vraie fête que la vie.

– Eh bien, alors ? questionnai-je en surveillant ma voix et mes nerfs.

Il posa sa main sur mon bras :

– C'est que, ce bonheur-là, je n'y ai pas droit, voyez-vous. Je n'ai pas le droit, moi, d'arrêter les vivants dans leur vie, de les retarder dans leur voyage vers le Bonheur. Je m'accorde en ce moment un luxe inouï – on me pardonnera, je l'espère-, mais il ne faut pas que cela dure trop longtemps... Laissez-moi m'en aller à mon heure naturelle, Bare. La dépasser serait de ma part une... indélicatesse, un abus ; je dirais presque : un crime...

– Je ne vous comprends pas, dis-je d'un ton rauque. Je ne connais personne qui ne désire fermement votre guérison ; et moi je vous supplie, au nom de tous ceux qui vous sont chers, de vous laisser radiographier !

Il secoua la tête.

– Non, dit-il. N'en parlons plus.

J'eus l'intuition qu'une seule influence était assez puissante pour le faire revenir sur sa décision. Le jour même, au tennis des Brissot, j'informai Fanny Grive de ce qui se passait.

– Il m'en voudra certainement d'avoir eu recours à vos prières, lui dis-je. Mais l'essentiel est de le décider, car je le trouve bien mal.

Puis je lui rapportai les termes dans lesquels Jean Lebris m'avait opposé son refus – en taisant, bien entendu, tout ce qui concernait les yeux-électroscopes.

Il me sembla qu'elle pâlissait un peu.

Je n'étais venu chez les Brissot que pour la rencontrer et lui parler à l'aise. Nous cheminions dans une allée du parc, à l'abri de tous les regards.

*– Fanny ! m'écriai-je en la voyant pâlir.*

*Et je la dévisageai avec anxiété, mordu par la hideuse jalousie.*

*Mais, sans relever la tête, elle plongea pensivement dans mes yeux le rayon gris de ses prunelles ; puis un sourire triste, imperceptiblement railleur, adoucit ses traits où je lus comme un reproche et de l'apitoiement.*

*Confus, désespéré, je balbutiai des excuses passionnées. Mes mains implorantes se tendaient vers elle...*

*J'ai conservé la feuille de noisetier qui me frôla la tempe à l'heure de notre premier baiser. La voici devant moi, sur ma table, encore verte et déjà sèche...*

*Le lendemain, Jean Lebris avait capitulé, et il fut convenu que, le jour suivant, je procéderais dans la matinée à sa radiographie.*

*Pendant la guerre, l'hospice de Belvoux, organisé militairement, avait été pourvu d'une quantité d'appareils dont quelques-uns, après l'évacuation, étaient restés à la disposition du personnel civil. Le laboratoire de radiographie, installé dans un pavillon spécial, était l'un des plus perfectionnés qui se pussent voir. On l'utilisait rarement, et c'est moi qui en assumais la direction.*

*Je passai à l'hospice dans l'après-midi, pour vérifier l'état de l'engin et m'assurer de son fonctionnement. Tout marchait à souhait. Je prévins mon aide qu'il n'assisterait pas à la séance du lendemain et qu'il eût, par conséquent, à la préparer avec tout le soin désirable. Enfin, espérant encore que Jean Lebris me permettrait de photographier l'intérieur de ses électroscopes, entretenant peut-être l'arrière-pensée inavouée de les faire apparaître et d'en fixer l'image à son insu, je fis apprêter plusieurs plaques sensibles.*

*Une excitation me tenait tout vibrant, et des pensées multiples me traversaient l'esprit, à la vue de cet écran laiteux où tant de choses diverses se dessineraient pour moi, si je le voulais – où le squelette de Jean Lebris viendrait lui-même, dans une apparition anticipée, m'annoncer la date de sa mort–, où peut-être (mais il ne tenait qu'à moi de biffer ce « peut-être ») la formidable invention du sixième sens commencerait à sortir de son mystère impénétré.*

*Le soir tombait quand je sortis de l'hospice.*

Rentré chez moi, je dînai rapidement et me mis à compulser les notes qui devaient servir à la rédaction de mon mémoire technique.

Je fus tiré du travail par une lugubre rumeur, des bruits de pas pressés, un ronflement... Le tocsin commença de tinter ; un clairon, dans la nuit, sonna la générale...

L'incendie empourprait le quartier Saint-Fortunat. Les grandes toitures de l'hospice se découpaient à la silhouette sur le fond du brasier. Autant que je pouvais l'apprécier, le foyer du sinistre se trouvait dans l'enceinte même de l'établissement. Ma gorge se serra.

– Prosope ! m'écriai-je dans la solitude.

Quelques minutes plus tard, mes appréhensions étaient confirmées. Accouru sur les lieux, je ne pus que constater l'anéantissement du laboratoire de radio-graphie dans une flambée crépitante. Par bonheur, l'isolement du pavillon permit de circonscrire le désastre, et les salles de malades furent préservées du feu.

## IX

## *LES DERNIERS JOURS DU PHÉNOMÈNE*

L'enquête ne permit pas de découvrir comment l'incendie s'était déclaré. C'est en vain que je parlai de malveillance ; plus d'un supposa que j'agissais de la sorte pour couvrir ma responsabilité, voiler quelque imprudence que j'aurais commise ; et je vis bien qu'il était préférable de ne plus rien dire.

D'ailleurs, n'était-ce pas effectivement une « imprudence » que d'avoir préparé sans aucune discrétion la séance de radiographie ?... Pour moi, la vérité ne faisait aucun doute : Prosope veillait ; il entretenait à Belvoux des espions à sa solde. Cela étant admis, il en fallait déduire que Jean Lebris était menacé d'un coup de main.

Ce fut, au demeurant, l'avis de l'intéressé. Nous délibérâmes, Jean et moi. J'insistai pour qu'il me laissât prévenir la police des dangers qui l'entouraient. Mais la difficulté de le faire sans trahir le secret de ses yeux l'en détourna ; et, à cette occasion, je dus lui renouveler mes promesses de silence.

Il fut donc convenu que nous prendrions, chacun de notre côté, toutes les précautions possibles, et la chose en resta là.

Un instant, toutefois, je fus sur le point de confier mes alarmes à M^lle Grive. En effet, Jean ne pouvait et ne voulait cesser tout à coup de sortir avec elle ; et il me paraissait bien téméraire, pour cet infirme en péril, d'errer seul dans les bois avec une enfant sans méfiance et sans force. Là aussi j'aurais voulu m'interposer ; mais le damné secret paralysait toujours ma bonne volonté. Alors même que Fanny eût accepté de vagues explications sur la cause de mes craintes, quelles mesures eût-elle prises que Jean n'eût pas pénétrées ? Comment, par exemple, munir la jeune fille d'un revolver sans que le faux aveugle ne s'en aperçût et ne m'en tînt rigueur ?...

Hélas ! je n'eus pas longtemps à craindre que Jean Lebris fût attaqué au cours d'une promenade.

Comme je m'apprêtais à le conduire à Lyon pour le faire radiographier, une crise violente, accompagnée d'hémoptysie, le terrassa. Nous le couchâmes. Il ne devait pas se relever.

J'estimai sur-le-champ qu'il ne vivrait pas au-delà d'une quinzaine. Dès lors, nous n'eûmes plus d'autre souci que de l'assister. Fanny s'installa à son chevet, aidée de Césarine, de M<sup>me</sup> Fontan et – beaucoup moins – de la pauvre M<sup>me</sup> Lebris. Je m'autorisai de la faiblesse du malade pour interdire l'accès de sa chambre à quelque étranger que ce fût, et je passai près de lui tout le temps dont je pus disposer.

Jean Lebris fut d'abord la proie d'un accès de fièvre pendant lequel il perdit complètement la notion du réel. Les crispations de sa face et le geste répété de mettre ses mains devant ses yeux me firent comprendre néanmoins qu'il souffrait d'éblouissements électriques, et je le masquai des lunettes opaques, en recommandant à Fanny de suivre mon exemple, même la nuit, toutes les fois que Jean paraîtrait incommodé comme par une lumière. M<sup>lle</sup> Grive, infirmière docile, n'avait à faire aucune objection, et n'en fit pas.

Le troisième jour, Jean sortit de sa torpeur. Fanny et moi, de part et d'autre du lit, nous observions le lent réveil...

Le malade tourna la tête vers moi, puis vers elle. J'eus le pressentiment qu'il allait prononcer nos noms et révéler ainsi qu'il nous avait reconnus – qu'il voyait ! Car il s'était rapidement habitué aux distinctives électromagnétiques des uns et des autres.

Avant qu'il ne parlât, je lui dis par prudence :

– Nous sommes là, M<sup>lle</sup> Grive et moi. M'entendez-vous, Jean ?

Il fit un signe d'affirmation, resta quelques minutes immobile, prit nos mains dans ses mains trop chaudes, les rapprocha et les joignit avec une lenteur qui prit tournure de solennité.

– ... Monsieur et Madame..., murmura-t-il.

Son visage était de ceux qui ne doivent plus jamais sourire.

Quel regard nous échangeâmes, nous qu'il accordait avec tant de simple bonté ! Je vis soudain les prunelles de Fanny se noyer de larmes. Ne pouvant maîtriser son cœur, elle se laissa tomber à genoux contre le lit, et, convulsivement, sanglota.

Après un silence, Jean Lebris se reprit à chuchoter. Je me penchai pour l'entendre. C'est à moi qu'il s'adressait.

– Bare, disait-il, dans le secrétaire, là... Tiroir du milieu... Testament... Vous le prendrez... Maman : préjugés... S'opposerait certainement à ce que vous savez... Mais testament... catégorique. Je vous lègue mes yeux... J'autorise... dissection... Ah ! Prosope sonne à la porte !... Empêchez-le d'entrer !... Mon revolver... Fanny, entendez-vous cette clochette ?... C'est Prosope. Il a brûlé l'hospice... Il n'aura pas mes yeux... Comme il sonne ! Comme il sonne !...

La fièvre l'avait repris, et le délire commençait. Jean laissait échapper un flux de paroles, parfois incohérentes, mais plus souvent révélatrices du secret de sa vie. Ses souvenirs de guerre et surtout de captivité l'obsédaient. Redoutant les bavardages et les curiosités, rempli d'admiration et de gratitude pour le zèle muet de Fanny, je fis en sorte qu'à partir de là Jean Lebris ne reçût d'autres soins que ceux de notre amie ou les miens.

Son état empirait sans remède. Tantôt il divaguait, et tantôt reposait. Par intervalles, redevenu lucide, il nous entretenait faiblement de notre avenir nuptial, qui semblait son unique préoccupation...

Mais, le soir du sixième jour, comme je venais de lui faire une piqûre hypodermique :

– Qu'avez-vous mis là ? me demanda-t-il en indiquant un angle de la pièce.

– Là-haut ?... Il n'y a rien, mon petit Jean. C'est une illusion.

– Pourquoi me tromper ? Allons, Bare, qu'est-ce que c'est ?

Ses paupières s'élargissaient sur ses yeux de statue. Il suivait dans l'espace le déplacement d'une vision qui, sans doute, s'évanouit ; car il n'insista pas davantage.

Je n'avais attribué aucune importance à ce que je considérais comme un phantasme provoqué par la fièvre. Mais le phénomène se reproduisit si fréquemment, le malade en fut impressionné d'une façon si remarquable, que je suis forcé de m'arrêter sur ce sujet.

Autant que j'ai pu le comprendre, la première apparition avait affecté pour Jean Lebris la forme d'un disque de brouillard violet, animé d'un frémissement rotatoire. Ce disque traversa la chambre, s'éloigna en perçant le plafond, et disparut. Mais, chaque jour, de plus en plus distincts, d'autres disques vibrants se montrèrent au moribond. Il les décrivait pour lui-même, sans s'occuper de moi ou de Fanny. Ce n'étaient plus des disques, à présent, mais des globes légers, contenant une circulation vertigineuse. Ils vaguaient sans hâte, ils s'en allaient de-ci de-là, à travers les solides, passant dans l'atmosphère aussi aisément qu'à travers les meubles, les maisons, le sol. Et ils s'accrochaient parfois aux choses et aux êtres, où leur réunion pouvait former des grappes que Jean Lebris comparait à des agrégats de bulles de savon pleines de mystérieux tourbillons. Il les chassait, ces bulles, quand elles s'approchaient de lui. Mais les chasser, le pouvait-il ? On en aurait douté, à voir les efforts qu'il faisait pour les arracher de sa poitrine, prétendant qu'elles l'étouffaient.

Une fois, il m'avertit qu'un de ces globes s'était attaché à mon cerveau, et je reconnais qu'alors je souffrais d'un mal de tête des plus pénibles. Était-ce une coïncidence ?

Le problème se pose. Jean Lebris était-il encore à même d'observer ?... Le délire lui a-t-il montré des créatures inexistantes, ou faut-il croire que son sixième sens, constamment en progrès, constamment plus puissant, était parvenu à lui faire percevoir des formes encore insoupçonnées ? Jusque-là, les yeux-électroscopes n'avaient saisi que l'aspect électromagnétique des choses perceptibles par nos sens ordinaires. Or, cet aspect n'avait cessé de devenir plus précis, plus complet. Qui prouve que l'accoutumance des appareils fabriqués par Prosope n'a pas permis à Jean Lebris de distinguer plus avant, et de découvrir un monde clandestin, un peuple exclusivement formé d'électricité, constitué par un fluide si subtil que nos détecteurs les plus impressionnables n'en sont pas influencés ? Un homme, enfin, a-t-il pu entrevoir l'une de ces races invisibles dont il est philosophique de dire qu'elles nous environnent ? Et cette race use-t-elle à son gré de l'humanité, sans que l'humanité s'en doute ? Lui devons-nous parfois la maladie, la démence, la mort ?... Je ne puis résoudre la question, n'ayant pu savoir à quels moments Jean Lebris délirait, à quels moments il ne délirait pas.

Il mourut le 22 octobre, au point du jour, après un coma de vingt-quatre heures. Fanny le pleura sur mon épaule.

Lorsque Jean Lebris avait perdu connaissance, certain que là mort s'approchait de lui à grands pas, j'avais profité d'un moment de tranquillité pour ouvrir le secrétaire.

Contre mon attente, le tiroir du milieu était absolument vide. Je cherchai dans les autres, et n'y découvris rien qui ressemblât au testament de mon ami. Je fouillai tout le meuble, délogeant les tiroirs pour visiter les dessous et les fonds... Une sueur subite me glaçait les tempes... Il n'y avait rien non plus derrière le secrétaire, ni dessous ; rien dans la commode ; rien nulle part !

De deux choses l'une : ou le testament avait été volé, ou Jean Lebris, m'annonçant l'existence de l'écrit, avait parlé dans la fièvre et pris son intention pour un fait accompli. Le vol me paraissait plus probable. À quelle date, en effet, Jean s'était-il décidé à tracer ses dernières volontés ? Sans aucun doute, avant la crise qui devait l'emporter et qui avait suivi de si près l'incendie de l'hospice ; sans doute, donc, avant cet incendie, à une époque où notre défiance n'était pas « alertée » et pendant laquelle le vol, probablement, avait été commis.

Quoi qu'il en fût, je risquais fort, par l'effet de ce larcin, d'être frustré d'une connaissance inestimable. À la seule idée de m'adresser à M<sup>me</sup> Lebris et de lui faire admettre la nécessité d'une autopsie, tout espoir m'abandonnait.

On conçoit de quelle âme je fermai sur les yeux artificiels les paupières noircies de mon cher Jean Lebris.

Pourtant, je n'avais pas le droit d'hésiter. Mon devoir était d'essayer, par tous les moyens, d'obtenir la libre disposition de ses restes. Mais les officiels se seraient moqués de moi, si j'avais fait appel à leur autorité. Qui donc m'eût donné pareil droit, sinon M<sup>me</sup> Lebris ?

Je le lui demandai. Elle me le refusa. Sa religion, ses principes et ce qu'elle nommait son « bon sens » se révoltèrent. La douleur, en elle, fit place à l'indignation. Malgré tous mes efforts, elle fit part à M<sup>me</sup> Fontan, à Césarine et à Fanny de la « profanation » à quoi j'avais l'« audace » de prétendre. En vain me récriai-je que c'était pour la Science, pour le Pays ; que la cécité de Jean offrait une particularité dont l'explication – argument prodigieux ! – intéressait jusqu'au salut de la France ; que Jean lui-même, dans un testament introuvable...

M<sup>me</sup> Lebris haussa les épaules. Un testament écrit par un aveugle ! C'était pousser trop loin « le désir de satisfaire la plus malsaine des curiosités » !

M<sup>me</sup> Fontan et Césarine opinaient du bonnet. Fanny restait muette, mais son charmant visage, fatigué par les veilles et le chagrin, me conseillait de ne pas insister.

– Que votre volonté soit faite ! dis-je à M<sup>me</sup> Lebris.

Et la paix revint parmi nous.

Mais je sentais sur la maison mortuaire l'emprise formidable de Prosope. Occulte, il avait régné sur nous ; il régnait encore. Par deux méfaits – un incendie et un vol – sa volonté s'était dressée victorieusement entre mon désir et son secret. J'étais vaincu. Soit ! Mais il me restait à préserver de tout attentat la dépouille de Jean. Il restait à déjouer tout coup de force ou toute ruse ayant pour but l'enlèvement des yeux-électroscopes.

J'étais assis dans le salon de M<sup>me</sup> Lebris, le menton sur les poings, sombre et plongé dans d'amères méditations. Une douceur se posa sur mon front...

Fanny me contemplait tristement.

Je n'avais plus aucune raison de lui cacher la vérité. Le quand je serai mort, hélas ! était révolu.

Il y avait longtemps qu'elle se doutait de quelque chose. Du jour où je l'avais prévenue qu'il serait imprudent de me parler par signes en présence de l'aveugle, sous prétexte que la lumière l'impressionnait parfois, elle avait pressenti le mystère. Nos séances aussi, dont nous ne parlions jamais, l'avaient intriguée. Enfin, pendant son délire, Jean Lebris, livré à la nature, ne dissimulait plus qu'il voyait certaines apparences.

Fanny me pardonna sans peine d'avoir gardé vis-à-vis d'elle un silence imposé par la foi jurée.

– Ah ! lui dis-je, votre droiture adoucit mes peines ! Mais je ne serai tranquille qu'à l'heure où notre ami reposera dans une sépulture inviolable. Aidez-moi, Fanny !

– Que puis-je faire pour vous ? Dites ?

Ses beaux bras se nouaient autour de mon cou, et elle levait dans une ardente interrogation ses yeux aimants, cernés d'un mauve délicat.

– Dites ! reprit-elle.

– Vous êtes lasse, mon pauvre amour, murmurai-je tendrement. Et pourtant je vais vous imposer un surcroît de fatigue... Il faut, jusqu'au bout, que nous montions la garde tour à tour, vous et moi... Il faut que l'un de nous soit là, près de lui, constamment. Jusqu'au bout, Fanny ! Jusqu'au cercueil et jusqu'au cimetière.

– Mais... Après ?... Ne craignez-vous pas que, par une nuit noire, quelqu'un...

Je lui exposai le plan que j'avais conçu. Après quoi je la laissai dans la place, comme un autre moi-même pieux et vigilant.

X

### *L'EXPLOIT*

J'employai toute la journée à donner des ordres au maçon et au serrurier, avec l'assentiment de M^me Lebris. Elle ne s'opposait nullement à ce que la tombe de son fils fût, dans sa partie souterraine, une espèce de blockhaus inattaquable. Les ouvriers me promirent de faire diligence ; au vrai, les travaux étaient déjà commencés lorsque vint la nuit.

C'était l'heure où je devais relever Fanny de sa funèbre faction. Je la trouvai surmenée, dormant debout. Je la reconduisis de la chambre mortuaire jusque sur le palier, où nous pûmes causer librement. Elle m'apprit que rien d'anormal n'était survenu ; quelques familiers avaient défilé devant la dépouille mortelle ; aucun suspect n'avait trahi sa présence aux alentours.

Puis, comme je la regardais dans la pénombre :

— Je ne vous ai pas vu de toute la journée ! se plaignit-elle.

La chère âme se blottissait contre moi dans un affaissement douloureux et câlin. Elle se serait endormie sur ma poitrine, si je n'avais prononcé :

— Allez, mon amie, allez vous reposer, pour l'amour de moi !

Ses lèvres brûlaient. On aurait dit qu'elle ne pouvait plus s'éloigner.

— Fanny ! lui dis-je ému par tant de ferveur. Comme nous allons être heureux !

À bout de résistance, elle fondit en larmes, me tint passionnément embrassé, et s'enfuit en étouffant ses sanglots.

— Je t'aime ! lançai-je à voix retenue.

Elle me fit un signe, au haut de l'escalier. Je le vis à peine. L'ombre s'emparait d'elle.

Tout rêveur et la bénissant, je m'acheminai vers la chambre coite et calfeutrée où s'allongeait, parmi les fleurs d'arrière-saison, la pâle figure inanimée.

La servante veillait. Elle renouvela les bougies, ramassa des pétales effeuillées, et me demanda si je resterais tard « auprès de monsieur Jean ».

– Toute la nuit, répondis-je. Vous pouvez aller vous coucher, ma bonne Césarine.

Elle s'en fut. Je m'installai dans un fauteuil et j'ouvris une Bible qui se trouvait là. Mais bientôt, recru de fatigue moi aussi, rompu d'insomnie, accablé sous le poids d'une déception que l'amour de Fanny ne pouvait qu'atténuer sans la faire disparaître, je dus me lever et marcher, pour vaincre l'assoupissement.

Ma pensée faisait, sous mon crâne, un brouillard tumultueux. Je ne sais comment tout à coup, avec la brutalité d'une lumière aveuglante et brusque, s'instaura dans la tête l'idée implacable qu'il fallait à tout prix subtiliser les électroscopes.

J'étais seul avec le cadavre, libre d'agir...

Onze heures sonnèrent.

Avant l'aube, j'avais le temps de commettre plusieurs crimes et quelques prouesses... Mais cela, c'était une action louable, n'est-il pas vrai ?... Pouvais-je hésiter ! Pouvais-je laisser enfouir à jamais le secret du sixième sens ?... « À jamais » pour mes compatriotes seulement !... Quoi ! nous, Français, nous resterions dans l'ignorance d'une semblable découverte, alors que l'ennemi la posséderait et la perfectionnerait ? Quoi ! demain, si la guerre éclatait à nouveau, nous subirions cette effarante infériorité d'avoir à combattre des manières de surhommes ? d'avoir contre nous, parmi nos innombrables assaillants, des spécialistes extraordinaires qui déchiffreraient à même le ciel les messages du sans-fil ? qui repéreraient les réseaux les plus profondément enterrés, les batteries d'artillerie les mieux défilées ? des gens pour qui les montagnes seraient transparentes ?... Je me rappelai avec une sorte d'effroi l'étonnante perspicacité de Jean Lebris. Je le revoyais indiquant sans hésitation le point défectueux d'une magnéto – ou l'endroit malade d'une moelle épinière. J'apercevais cent applications pratiques du sixième sens... Enfin, l'évidence était devant moi comme le soleil ! Il ne dépendait plus de ma volonté de satisfaire aux exigences arriérées d'une vieille dame de province. J'étais la sentinelle avancée de la défense nationale. Foin des préjugés et des superstitions ! La patrie, d'abord !

Aussi bien, personne ne s'apercevrait de la violation. C'était l'affaire de trente ou quarante minutes, et je disposais de plusieurs heures pour faire disparaître toute trace de l'opération. J'espérais même pouvoir, avec un peu d'habileté, me rendre compte de l'incompréhensible soudure des nerfs optiques et des électroscopes...

Dressé, croisant les bras, en face du cadavre qui recelait un si vaste mystère, j'avais le sentiment d'être possédé par des forces impulsives qui balayaient toutes les convenances et toutes les conventions.

Machinalement, je tâtai ma trousse à travers l'étoffe de ma veste, et, frémissant comme un drapeau, j'écoutai comme un voleur.

La nuit s'écoulait dans un calme rassurant. La maison s'étoffait de silence. Pendant plusieurs minutes, je n'entendis rien d'autre que l'appel lointain d'un nocturne, le grondement d'une automobile attardée, puis un souffle irrégulier venant de la chambre voisine, où dormait M^{me} Lebris.

J'hésitai pourtant, et j'ignore pourquoi. Le désir de surseoir m'envahit tout à coup. Je craignais de rêver peut-être, d'avoir un de ces cauchemars d'où l'on sort brisé. Mes facultés vacillèrent. Ce ne fut qu'une défaillance.

J'approchai d'un pas ferme, et, redevenu professionnel, je soulevai d'un doigt léger la paupière encore souple...

Une exclamation m'échappa, sourde. Je saisis précipitamment une bougie, soulevai l'autre paupière...

À la place des électroscopes, et mises là pour simuler leur convexité, deux petites pelotes de laines occupaient les orbites.

Et les lunettes !... Les lunettes aussi avaient disparu.

Je suffoquais. Je fus sur le point d'appeler. Mon secret, maintenant, voulait se répandre. J'avais besoin de m'épancher, de raconter, de disputer, avec quelque ami plein de commisération, sur l'incroyable événement qui m'atteignait et frappait avec moi ma race tout entière...

D'un effort, je parvins cependant à mater cette dangereuse exaltation. Personne ne devait connaître ma déconvenue dans toute son ampleur. Personne, excepté Fanny. Mais, la pauvrette ! irais-je, moi, maître égoïste, troubler son repos ? Et d'ailleurs, comment l'éveiller, à cette heure tardive, sans provoquer l'étonnement de sa tante !...

Ah ! de quelle négligence j'avais fait preuve en abusant de ses forces ! Et quelle faute de m'être reposé sur elle du soin de garder le mort en mon absence ! Laisser une telle responsabilité à une petite fille qui, depuis deux jours, les nerfs tendus, ne s'était pas accordé la moindre relâche ! Notre adversaire en avait profité, parbleu ! « Aucun suspect n'est venu », m'avait-elle dit. Eh ! pour une femme de vingt ans, l'employé des pompes funèbres n'est pas suspect ! le menuisier, qui vient prendre ses mesures, n'est pas suspect ! le curé, le médecin de l'état civil, la religieuse embéguinée ne sont pas suspects !

J'attendis le matin avec une impatience maladive. Je voulais savoir si vraiment Fanny avait suivi de point en point la consigne donnée ; et j'avais grand hâte aussi, je l'avoue, de retrouver l'asile de sa douceur et de demander à sa compassion l'apaisement de ma détresse.

Au petit jour, incapable de me contenir davantage, je montai l'escalier à pas de loup, ne sachant même pas comment j'expliquerais à M^{me} Fontan une visite aussi matinale.

La porte de l'appartement n'était que poussée. Je frappai. Un reflet jaunâtre teintait l'arête du chambranle.

Je frappai pour la seconde fois, et j'entrebâillai la porte, ce qui me permit d'apercevoir, au-delà du salon, la chambre de la jeune fille, où brûlait encore une lampe.

– Fanny ! appelai-je furtivement. Fanny !

J'entrai sans plus de façons, tout à fait inconscient de mes actes.

La minute d'après, je sus comment on devient fou.

À trois reprises, en l'espace de deux jours, la même désillusion m'avait touché ! Mais, cette fois, c'était en plein cœur. Le testament m'avait échappé, les yeux inestimables m'avaient été ravis, et maintenant... Oh ! maintenant !...

Les lits n'étaient pas défaits. La robe que Fanny portait la veille gisait sur le plancher, près de ses mules d'intérieur jetées au hasard. Dans une armoire grande ouverte, le costume de voyage – que je connaissais bien ! – manquait entre les autres. Une solitude affreuse glaçait le logis.

N'en pouvant croire ma vue, m'adressant à moi-même des paroles sans suite, j'allais de chambre en chambre, stupide et misérable. Je me disais que j'étais la dupe d'un atroce quiproquo ; que tout s'expliquerait sans retard ; qu'il y avait là quelque abominable coïncidence... Elle allait revenir, voyons ! Elle n'était pas partie ! Ce n'était pas elle qui avait pris les yeux ! Pas elle qui avait pris le testament ! Fanny voleuse – et incendiaire ? Allons donc ! On ne pouvait pas supposer une pareille monstruosité !...

Cependant, la logique élevait sa voix claire. Des rapprochements s'opéraient dans mon souvenir. L'horreur, peu à peu, devenait possible ; bientôt, mon cœur seul refusa de l'admettre.

Mais, en laissant errer sur toutes choses mes regards stupéfiés, je découvris, au fond d'un âtre vide, une boulette de papier.

C'était un billet, écrit par un inconnu, dans une langue incompréhensible...

Et d'un coup, le désespoir acheva de combler tout mon être. Car je me rappelais fort bien le grondement d'auto qui avait décru dans la nuit, onze heures étant sonnées ; et sur le billet – sur l'ordre que la traîtresse avait reçu – je pouvais lire le chiffre 11 suivant de près ces mots, intraduisibles du français, Botasse et Saint-Fortunat, deux noms de rues qui se croisent dans le voisinage.

Alors, je me suis assis comme un malade qui souffre beaucoup, j'ai soulevé de mes mains tremblantes la robe de Fanny, et, la tête dans les mousselines parfumées, j'ai pleuré pour tout le temps que j'avais passé sur terre sans pleurer.

Ensuite... Ensuite, il a fallu descendre, feindre la surprise, doser l'indifférence, et se taire. Toujours se taire !

L'automne s'avançait ; il était donc naturel que M^me Fontan et sa nièce quittassent notre bourgade champêtre pour retourner vers les villes. On s'étonna seulement qu'elles fussent parties si vite, « à l'anglaise », sans même assister aux funérailles de Jean. M^me Lebris, honteuse de l'affront, publia qu'une lettre les avait rappelées d'urgence en Artois.

Que penser ? Que penser aujourd'hui ?...

*Parfois, je me dis qu'elle ne m'aimait pas. Je me déchire l'âme à me convaincre qu'elle a joué la comédie la plus féroce, allant jusqu'à me suggérer ce forfait : abréger les jours de Jean Lebris !...*

*Mais quand je repasse, heure par heure, notre vie, quand j'évoque le souvenir – irrémédiablement chéri – de ses regards, de ses sourires, de ses baisers et de ses larmes, je ne peux plus y voir autant de mensonges et de vilenies !*

*Non, non, n'est-ce pas ?... Fanny, toi qui sans doute ne t'appelles pas Fanny, toi qui ne fus ici – oh ! Dieu ! – qu'une espionne sous un faux nom, n'est-ce pas qu'il ne faut pas croire à la félonie de tes yeux ? N'est ce pas que tu ne m'as pas trompé dans le domaine du cœur ? Ton odieuse mission, ah ! je veux qu'on te l'ait imposée de force ! Ne l'as-tu pas remplie sans verser une goutte de sang ? La douce faiblesse de Jean Lebris n'a-t-elle pas su gagner ta pitié, puisque tu l'as laissé s'éteindre lentement ?...*

*On m'objectera que rien n'aiguillonnait ta hâte ; que, sûre de sa mort prochaine, il te suffisait, jusque-là, de veiller sur l'œuvre diabolique de Prosope...*

*Mais d'autres diraient aussi que tu avais des raisons moins froides pour prolonger ton séjour parmi nous, des raisons qui me font lâchement espérer je ne sais quel avenir de retrouvailles, d'indigne pardon et de bonheur quand même ! Car moi, Fanny, moi qui possède une part du secret que tu sers, moi qui détiens dans mon coffre, en grimoires incomplets, un peu du trésor de ton maître, Fanny, m'aurais-tu épargné, si tu ne m'aimais pas ?...*